统编语文教材推荐书目
快 乐 读 书 吧

中国古代神话

孙博文 主编

四川教育出版社

图书在版编目（CIP）数据

中国古代神话 / 孙博文主编．—成都：四川教育出版社，2019.7

（快乐读书吧）

统编语文教材推荐书目

ISBN 978-7-5408-7138-3

Ⅰ.①中… Ⅱ.①孙… Ⅲ.①神话-作品集-中国-古代 Ⅳ.①I276.5

中国版本图书馆CIP数据核字（2019）第140610号

中国古代神话

孙博文◎主编

出品人　雷　华

图书策划　刘光钦　任　舸

责任编辑　任　舸

封面设计　常　宇

版式设计　常　宇

出版发行　四川教育出版社

地　　址　成都市槐树街2号

邮政编码　610031

网　　址　www.chuanjiaoshe.com

印　　刷　陕西天丰印务有限公司

制　　作　四川胜翔数码印务设计有限公司

版　　次　2019年7月第2版

印　　次　2019年11月第3次印刷

成品规格　155mm × 220mm

印　　张　12.5

插　　页　5

书　　号　ISBN 978-7-5408-7138-3

定　　价　24.80元

如发现印装质量问题，请与本社联系调换。电话：（028）86259359

营销电话：（028）86259605　邮购电话：（028）86259694　编辑部电话：（028）86259381

征稿启事　如果你有好的儿童文学作品，可以向以下邮箱投稿，作品一经选用，我们将按国家标准支付稿酬！

征稿邮箱：shishulang2017@sina.com

盘古开天地

女娲补天

精卫填海

大羿射日

夸父逐日

嫦娥奔月

大禹治水

牛郎织女

为什么要读中国古代神话？

孩子的成长就是一个认知世界的过程，他们的脑子里装满了无数个为什么：我们生活的地球上为什么有天、有山、有日出、有月升，还有人类？为什么我们有文字？为什么天上只有一个太阳？

对这些问题现在的科学界大多已经有了结论，地球起源学说、人类进化论等就是答案。但有些问题科学家也没有答案。

有些科学家没有解答的问题就在人类口口相传的神话故事中。世界文明古国都有自己丰富的神话故事，特别是古希腊神话和古印度神话保存得相对完整，也有一定的体系。

我国的古代神话很丰富，虽然没有完整的体系，但是种类很多。这些神话故事最早散见于《山海经》《列子》《庄子》《楚辞》《国语》《吕氏春秋》《淮南子》《史记》《水经注》《独异志》等古书，很多故事至今依然在民间口头流传。

这样说来神话和传说没有严格意义上的区别，当然神话不等同于瞎编乱造。著名作家袁珂指出："神话的产生是基于现实生活，而不是人类头脑里的空想。古代每一个时期的神话所包含的特定意义，离不开当时人类的现实生活、劳动和斗争以及由此所作的推想。"

在人类早期，人还处于懵懂无知状态，没有能力解决吃饭穿衣问题。但是，人类没有被困难和灾难压倒，"当人类的两手教导头脑，随后聪明一些的头脑教导两手，以及聪明的两手再度有力地促进头脑发展的时候"（高尔基语），远古人类开始在自己的想象中使周围世界充满了超自然的生存力。神的出现，就标志着远古人类对世界认识的一大进步。

神话故事反映了远古人类对自然和社会的认知和愿望，是人类智慧的结晶，是对一些自然和社会现象的解释，表达了劳动人民征服自然、变革社会的愿望。从神话故事中可以看出远古人类丰富奇伟的想象力，这些故事是远古人类留给我们的宝贵遗产。

中国古代神话是中华民族灿烂辉煌的文化渊源，读《中国古代神话》不但可以开启孩子丰富的想象力，还可以让孩子更全面地了解中华文化的精神内涵。

纵观中国古代神话，它就是一部人类与自然、外部环境抗争的历史。从这点来说，中国古代神话有别于西方神话，比如在中国神话故事里：

被混沌困住了就自己将其劈开——《盘古开天辟地》。

天塌了就自己炼石头补上——《女娲补天》。

希腊神话里，火是普罗米修斯偷来的；在中国神话里，火是祖先坚韧不拔地钻木摩擦出来的——《燧人氏取火》。

面对末日洪水，在西方故事里，人们在诺亚方舟里躲避；但在中国神话里，我们的祖先战胜了洪水，不断与灾难作斗争——《大禹治水》。

几乎每个国家都有关于太阳神的传说，在部落时代，太阳神有着绝对的权威。但中国人的神话里有敢于挑战太阳神的故事，有追赶太阳的——《夸父追日》，有把太阳射下来的——《大羿射日》。

一个女孩被大海淹死了，她就化作一只鸟复活，要把大海填平——《精卫填海》。

一个人因为挑战天帝的神威被砍了头，可他没死，而是挥舞着斧子继续和天帝斗争——《刑天舞干戚》。

假如有一座山挡在你家门前，你是选择搬家还是挖隧道？显而易见，搬家是最好的选择。然而在中国的神话故事里，他们却把山搬走了——《愚公移山》。

中国古代神话故事反映的就是几千年来流淌在我们中华民族血液中自强不息的精神。勇于抗争，不怕输，更不会屈服，这是中国的民族精神，也是中国人的信仰。

读《中国古代神话》，就是要从这些故事中吸取中华民族勇于抗争的精神内涵，继承发扬，以创造更美好的未来。

中华民族历史悠久，多民族聚居，除汉族外，我国还有众多的少数民族。少数民族的神话也是中国古代神话的重要组成部分。少数民族的神话大多有鲜明的民族特色，也是从劳动中产生的，同样表达了劳动人民热爱自然，改造自然，崇尚正义、善良、勇敢等美好品质，以及追求美好生活的愿望。

读《中国古代神话》，不但能丰富孩子们的精神世界，还能让孩子们有民族认同感，感受多民族文化的多样性，共同维护中华民族共有的精神家园。

孙博文

目　录

CONTENTS

盘古开天地

很久很久以前，天和地还没有分开，就像鸡蛋里面的蛋黄和蛋清一样混在一起，整个宇宙混沌（hùn dùn 模糊不清）一片。有个叫盘古的巨人，在这混沌之中，一直孕育了一万八千年。

盘古经过了那么多年的孕育，终于有了生命。当他有了知觉的那一刻，他便迫不及待地睁开了眼睛。可是，周围一片黑暗，他什么都看不见。急切间，他拔下自己的一颗牙齿，把它变成一把巨大的神斧，抡起来向周围砍去。

宇宙被劈开了，沉浮成两部分：一部分轻而清，一部分重而浊。轻而清者不断上升，变成了天；重而浊者不断下降，变成了地。盘古就这样头顶天、脚踏地立于天地之间，支撑着天地。

盘古在天地间不断长大，他的头在天为神，他的脚在地为圣。天每日升高一丈，地每日增厚一丈，盘古每日生长一丈。

如此，盘古一日九变，经过了一万八千年，天变得极高，地变得极厚，盘古的身体也变得极长。盘古就这样与天地共存了不知多少年。

终于有一天，盘古耗尽了全身的力气，轰然倒下。他合上了沉重的眼皮，沉沉地睡去。即使这样，盘古这位伟大的英雄也想用自己的身体让这个世界充满生机，于是他把整个身体奉献给了这个世界。在他倒下去的一刹那，他的左眼飞上天空变成了太阳，给大地带来光明和希望；他的右眼飞上天空变成了月亮，两眼中的液体洒向天空，变成夜空中的万点繁星；他的血液变成了奔腾的江河与静谧的湖泊；他的毛发变成了草原和森林；他的肌肉变成了田地；他的牙齿、骨头、骨髓深埋在地下，变成了蕴藏（yùn cáng 蓄积而未显露或未发掘）在地底下的金属、石头和玉石；就连他身上的汗水也没有浪费，变成了滋润万物的雨露和甘霖；他呼出的气体也变成了清风和云雾；他发出的声音变成了雷鸣。

倒下的盘古，身躯化作了我国的五座大山：头化作了泰山，脚化作了华山，左臂化作了衡山，右臂化作了恒山，腹部化作了嵩山。

从此，人间有了阳光雨露，大地有了江河湖海、高山峡谷，万物开始滋生，生命开始萌动。

女娲造人

盘古开天辟地以后，天上就有了太阳、月亮和星星，地上有了山川草木，也有了鸟兽虫鱼，可是没有人类。这世间，未免显得有些单调、寂寞。

不知道在什么时候，天地间出现了一个神通广大的女神，叫女娲。有一天，女娲行走在这片莽莽苍苍的原野上，看看周围的景象，感到非常孤独。她觉得应该在这天地之间添一点新的生物，这样才会生机勃勃。

“添一点什么东西呢？”她边走边想。

她走啊走啊，走得有些疲倦了，就在水池旁边蹲下来歇息，澄澈的池水照出了她的面容和身影。她笑，池水里的影子也向着她笑；她假装生气，池水里的影子也向着她生气。她想：“虽然世间的生物也不少了，可单单没有像我一样的生物，为什么不创造一种像我这样的生物呢？”

她想着，就顺手从池水边挖起一团黄泥，在手里团着，团成了一个比她小，模样像她的泥人。她把这个小泥人放到地面上。说也奇怪，这个泥捏的小家伙，刚一接触地面，就活了，并且开口喊："妈妈！"接着就是一阵兴高采烈的跳跃和欢呼，好像在感谢女娲让他获得了生命一样。

女娲看着她亲手创造的这个聪明可爱的生命，又听见"妈妈"的喊声，不由得满心欢喜，眉开眼笑。她给这个心爱的孩子取了一个名字，叫作"人"。

这个人的身体虽然小，但和飞鸟、走兽都不同。据说因为是神创造的，人的相貌和举动也有些像神，看起来似乎有一种主宰宇宙的非凡气概。

女娲对于她的作品感到很满意。于是，她又继续动手工作，她用黄泥捏了许多小泥人，很快他们都能说会走。这些人在她的周围跳跃欢呼，使她非常高兴。从此，她再也没有感到孤独和寂寞了，工作起来更有劲头儿了。她不停地工作着、工作着，一直工作到晚霞布满天空，星星和月亮射出幽光。夜深了，她只把头枕在山崖上，稍微休息一下。

第二天，天刚亮，女娲又赶紧起来继续工作。她一心要让这些机灵的小生物布满大地。但是，大地毕竟太大了，她工作了许久，那些小人儿还很少，而她自己已经疲惫不堪（pí bèi bù kān 形容非常疲乏。不堪，不能忍受）了。

最后，女娲实在太累了，她就想出了一个简单的方法。

她从崖壁上拉下一条枯藤，伸入一个泥潭里，搅成了浑黄的泥浆，向地面甩去。泥点溅落的地方，就出现了许多小小的叫着跳着的人儿，和先前用黄泥捏成的小人儿样子一样。很快“妈妈”“妈妈”的喊声在女娲周围回荡。

女娲用这种方法来工作，果然简单省事。她把藤条一挥，就有好些小人儿出现，不久，大地上就布满了人类。

大地上虽然有了人类，但女娲的工作却并没有停止。她又考虑，她创造的这些人儿，最终是要死亡的，他们死了怎么办？她还要不停地创造吗？那就太费工夫了，会影响她做其他事情。

女娲想啊想，终于想出了一个办法——把那些小人儿分为男女，让男人和女人结婚生孩子。这样，人类就可以世世代代繁衍（fán yǎn 指逐渐增多或增广）下去，不用她再去创造了。

女娲创造了人类，所以她被尊称为“大地之母”，是华夏文明的创世女神和始母神，是中华民族的共同人文始祖，也是中华民族的母亲。

共工怒触不周山

女娲创造了人类之后，又给人类建立了婚姻制度，许多年来，天下太平。

不料有一年，水神共工和火神祝融忽然打了起来，这必然破坏了人类的幸福和安宁。

水神共工是天上的恶神，长着人脸蛇身，满头都是红色的头发，性情凶暴。他身边有个臣子叫相柳，也是人脸蛇身，浑身青色，长着九个脑袋，性情残酷贪婪（tān lán 形容非常贪心），是共工最大的帮凶。还有丑陋的浮游，也是共工的帮凶。

这一次，共工和祝融打斗，怪物相柳和浮游都去了，大江大河里所有的水族动物都做了共工的兵丁。共工和他那群帮凶将大海、湖泊掀起大波大浪，天地一片灰暗。他们打了几天几夜，依然难分高下。最终共工因抵不住愤怒的火神祝融发出的熊熊烈火而败下阵来。大火烧得共工和他的兵丁焦头烂额。代表光明的火神祝融胜利了，代表黑暗的水神共工失败了。

共工和他的帮凶败得相当惨。那性急的浮游一气之下跳入淮水死了；九个脑袋的相柳虽然没有死，也臊得跑到昆仑山北边躲了起来。共工本人，眼见事业成空，部族凋零，又羞又恼，也觉得没脸面存活了，就一头向不周山撞去。然而他这一撞倒没有撞死自己，却使天和地改变了原先的模样，给人类带来了可怕的灾难。

这不周山原本是一根撑天的柱子，水神共工这么一撞，把撑天的柱子给撞断了，把大地的一角给撞坏了。半边天塌了，天上露出了可怕的黑窟窿，地上裂开了左一道右一道的深坑，洪水从裂缝里涌出来，大地很快成了汪洋大海。

人类的幸福生活被破坏了，天地变成了可怕的地狱，人类陷入了无尽的恐惧当中。

女娲补天

共工怒触不周山，撞断了撑天的柱子，给人类带来了灾难。大地之母女娲将这一幕全看在眼里，她心里难受极了。她没有办法去惩罚那个凶恶的共工，只好想办法来补天。

女娲知道这件工作的艰巨，靠她一个人完成会非常辛苦，也非常艰难。可是作为人类的母亲，她不能眼睁睁地看着人类受苦受难，她不能袖手旁观，她必须挑起这样的重担。

于是，女娲在大江大河里挑选五彩的石头，她不停地挑呀挑，才挑够了石头。然后她架起一个大火炉，将这些石头熔炼成了胶糊状，接着把这些胶糊状物体团成一大块一大块的，这样才能把天上一个个可怕的黑窟窿补好。补天的工作非常辛苦，女娲用纤细的手臂费力地把这些胶糊状物体使劲往窟窿上糊去。

就这样，经过九九八十一天，女娲补完了这些窟窿。补

过的天仔细看和原来还是有点不一样，但毕竟平整了许多。这用五彩的石子儿熬成的胶糊状物体补出来的天，在太阳的照射下，形成了灿烂的彩霞，天空更加美丽了。

女娲补好天后，又怕天再次坍塌，便找来一只比山还大的乌龟，用乌龟的四条腿当天柱，屹立在大地的四方，把人类头顶上的天空像帐篷似的撑起来。柱子很结实，天空再也没有坍塌的危险了。

可是人类的灾难并没有结束，还有一条黑龙经常出来吃人。女娲就奋力杀死了这条恶龙，还赶走了猛兽、凶鸟。最后，女娲把芦草烧成灰，堵塞了滔天洪水，才算彻底平息了这场灾祸。人类终于死里逃生，得到了拯救。后世的人一直歌颂女娲造人和补天的功绩，亲切地称她“女娲娘娘”。

鲛人流珠

被共工撞塌的天，女娲终于补好了，但天毕竟还是没有恢复到原来的样子。据说西北的天空，还有点儿下斜，所以太阳、月亮、星辰都不自觉地朝那边跑，落向倾斜的西天；东南的大地，陷了一个深坑，所以大川小河里的水，都不由自主地向东南方向奔流，水都汇聚在那里，形成海洋。

在那时的南海之外住着一种人，叫鲛（jiāo）人。他们的长相和女娲娘娘造出的人类几乎一样，但是他们无论男女都长得非常漂亮。他们五官非常精致，皮肤细白像玉石，头发像马尾巴，有五六尺长，胳膊和手指都非常修长。只是他们没有腿，却有鱼一样的尾巴，可以在海里自由地穿梭。如果人类捕获了鲛人，给鲛人灌一点儿酒，他们白皙（bái xī 形容皮肤白而干净）的皮肤就会泛出桃花般的粉色，更加美丽动人。

鲛人心灵手巧，会纺线织布，他们织的鲛绡是一种独特的衣服，入水不湿。在风平浪静的夜晚，站在海边仔细聆听，还能听见鲛人织布的声音呢！鲛人不但有美丽的容颜、灵巧的双手，他们在高兴的时候，还会发出清脆的笑声，但是在伤心的时候，他们默默哭泣。人类哭泣的时候，会流眼泪，鲛人哭泣的时候，眼睛里却会流出一颗颗明亮的珍珠！

据说，那些生活在海边的渔民，如果自己的爱人在大海里淹死了，就会想方设法捕获鲛人，把鲛人养在自家的池子里，当作自己的丈夫或者妻子。

伏羲攀登天梯

在北方，有一个极乐国，叫作“华胥（huá xū）国”。这个国家很远，无论是走路、乘车还是骑马，都无法到达，那是大家心中向往的地方。华胥国没有统治者，百姓都安居乐业，人的寿命都很长。华胥国人走进水里不怕淹，跳进火里不怕烧，在天空中往来如履平地（rú lǚ píng dì 像走在平地上一样。履：踩，踏）。云雾遮挡不了他们的视线，雷霆也扰乱不了他们的听力。这个国家的人就像神仙一样快乐地生活着。

在这个极乐的国土上，有个女孩特别活泼。有一天，女孩到东方一个名叫“雷泽”的大沼泽边去游玩——那里林木葱茏，风景美好。这个女孩在沼泽边看见一行巨人的脚印，她觉得又奇怪又好玩，就试着用自己的脚去踩巨人的脚印。这一踩不得了，华胥国的这个女孩竟然怀孕了。不久，她生了一个儿子，起名叫伏羲（xī）。

雷泽边出现的脚印是谁的呢？原来是雷神的。

雷神是一个龙身人头、半人半兽的天神，常常在雷泽边玩。他还喜欢用手拍打自己的肚子，每拍一下，天空就发出一声响雷。华胥国的这个女子因为踩了雷神的脚印生了伏羲，伏羲当然就是雷神的儿子了。

伏羲是天神和人间极乐国的女子所生的儿子，当然具有神性了。他能够沿着天梯自由自在地来往于天地之间。

天梯有两种，一种是山，一种是树，都是自然生长的。昆仑山就是山中的天梯，登上昆仑山最高的山峰，就能直达天庭。伏羲攀登的天梯，是一棵大树，叫建木，生长在都广。建木的形状很是奇怪：细长的树干笔直地钻入云霄，两旁不生枝条，只在树的顶端才长了些弯弯曲曲的树枝，盘绕起来像一顶伞盖，树根也是盘曲交错的。这建木还很神奇，要是摇一下它的树干，就有软绵绵的扯不断的树皮脱落下来，像拴帽子的缨带，又像黄蛇。

都广，是天地的中心。这是一个好地方，不管春夏秋冬，百谷都能播种，长出来的米、黍、豆、麦都非常好。这里还聚集着各种各样的飞禽走兽，时常可以听到鸾鸟的歌唱，看到凤凰的舞蹈，草木冬夏常青，花儿四时绽放，是人间的乐园。

那棵极高的天梯建木，就生长在都广的中央，都广又是天地的中央，这座天梯就是天地中央的中央。所以到了正午，太阳照在建木顶上，连一点影子都看不见，站在那里大吼一声，声音马上会消失在虚空之中，四面八方没有一点回响。

这棵居于天地中央的天梯建木，原是中央天帝——黄帝运用神通和法力创造的。从此，各方的天帝就把建木当作上天下地的梯子。伏羲就是首先去爬这棵树的人，因此他成了东方的天帝。

伏羲非常聪明好学，他根据阴阳变化的规律画出了八卦图，用八种简单而富有深意的符号，概括了天地间万事万物的种种情况：用☰（乾 qián）代表天，用☷（坤 kūn）代表地，用☵（坎 kǎn）代表水，用☲（离 lí）代表火，用☶（艮 gèn）代表山，用☳（震 zhèn）代表雷，用☴（巽 xùn）代表风，用☱（兑 duì）代表泽。后来，人们就用伏羲的八卦来记载生活中发生的各种事情。伏羲又模仿蜘蛛结网的方式发明了网罟（wǎng gǔ 用网捕鱼），教导人们打猎捕鱼，教导人们吃熟食。除此之外，他还创制了瑟（sè）这种乐器，还作了一支叫作《驾辩》的乐曲。人类文明的曙光就这样璀璨（cuǐ càn 形容珠玉等光彩鲜明）绽放出来了。

伏羲做了东方的天帝后，和辅佐他的木神句芒（gōu máng）共同管理着东方一万二千里的土地。句芒长着人的脸，鸟的身子，穿一件白衣服，驾着两条龙，飞来飞去，非常勤劳。在伏羲和句芒的治理下，生活在这里的百姓都很幸福。

丹朱化鸟

上古君王尧有十个儿子，其中，丹朱是老大，可他却是尧最不成器的一个儿子。

丹朱骄横暴虐，常常带着随从侍仆到各地去漫游，稍不如意，就要迁怒他人，大发脾气，虐待他的下属。

那时候洪水弥漫天下，丹朱出去游玩时总是坐船，他渐渐习惯了水上的生活，可对于百姓的疾苦却满不在乎，反而觉得坐着船出去东游西荡很有意思。有些地方水浅，不能通船，任性的丹朱叫人替他推着船走，还称之为“陆地行舟”。船在泥沙和水草之间摩擦着、颠簸着，发出“咯吱咯吱”的声响。推船的人累得气喘吁吁、汗流浃背，丹朱和他的伙伴们却在船上吃喝玩乐、哈哈大笑，没有一点儿同情心。

丹朱的弟弟们见哥哥这样胡作非为，也都不服他的管教，兄弟之间时常发生内讧（nèi hòng 内部由于争权夺利等而发生的冲突或战争），彼此间纷争不休。

尧发现丹朱性情恶劣，就想方设法引导他、改变他，尧创制了围棋这种游戏，教丹朱下围棋，希望在潜移默化中改变丹朱，使他能够改邪归正。

谁知丹朱对于围棋这玩意儿，起初还觉得新鲜有趣，专心致志地研究了一段时间，但玩了一些时候，就觉得没意思了。他自己还异想天开，创造了另一种棋。他找了一片平原旷野，叫人按着棋局的格式在那里遍栽桑树，他和他的朋友们就各据一方，利用桑树围成棋盘，用犀牛和大象来做棋子，指挥动物进退周旋。丹朱觉得这比他父亲的围棋更有趣。

知道丹朱根本没有能力担当重任，尧便决定把国君之位禅让给舜。尧怕丹朱不服气，聚集他那帮恶朋歹友从中作梗，于是，尧把丹朱放逐到南方的丹水，让后稷（jì）监督丹朱。

那时住在中原的三苗部族首领和丹朱的关系非常好，尧把国君之位禅让给舜这件事，让三苗部族很不服气，他们就联合起来反对尧。

尧是个正直的人，他的政治主张并不因为三苗的反对而改变。尧派人去平定三苗部族，三苗部族抵挡不住正义的王师力量，首领最终被擒。

战败了的三苗部众只好拖儿带女，随同被放逐的丹朱迁徙到南方，并在丹朱放逐地丹水附近定居下来。

三苗部族在南方定居后不久，又和满腹怨气的丹朱搅和

在一起。丹朱和三苗部族打算卷土重来，再次进攻中原，推翻尧的统治，以平分天下。没想到事情败露，消息传到尧那里。智勇双全的尧早有准备，他已调兵遣将，做好了随时出征的准备。听到消息后，尧就亲自挂帅，统领大军到南方去平定叛乱。

丹朱和三苗的联盟还没有准备停当，就听说尧的大军开来。他们急忙迎战，与尧的大军在丹水展开了一场激战。

丹朱习惯水上生活，他所统率的水军，一个个都能在水面上行走，快步如飞。原来丹水里出产一种鱼，名叫丹鱼，这种鱼每到夏至前十天，便从水底浮游到岸边来，鳞甲红光闪闪，在夜间望去，就像是火焰一样。割取它们的血，涂在足上，就可以涉水如履平地。丹朱的水军人人都有这种本领，因此在战争开始，尧在水军方面竟不是儿子丹朱的对手，接连吃了好几个败仗，免不了损兵折将。

三苗部落只能在陆地上战斗，他们除了勇猛强悍以外，没有其他特殊才能。因此尧的军队在陆地上对付三苗的军队就绰绰有余了。最后，尧凭借自己的智谋和当地百姓的帮助，击溃了三苗的陆军，使他们不能和丹朱的水军配合作战，然后又将丹朱的水军引上岸，一并击溃。于是这场声势浩大的叛乱以尧的胜利而宣告结束。

失败的丹朱带着他仅存的部众落荒而逃，一直逃到了南海。面对茫茫大海，进不能进，退不能退，丹朱觉得自己再也没有脸面活在世间，就跳到大海里自杀了。丹朱死后变成了一只鸟，叫鴸（zhū），形状有些像猫头鹰，一对爪子却像人的手，它出现在哪里，哪里的男子就要被放逐。

丹朱的子孙，聚居在南海附近，渐渐成为一个国家，叫讙（huān）朱国。这里的人长着人脸鸟嘴，背上长有翅膀，却无法用来飞翔，只能当作拐杖扶着走路。他们靠鸟嘴在海滨捕鱼为生。

讙朱国的附近便是三苗国，就是三苗部落的子孙聚居而成的国家。三苗国的人也都生有翅膀，翅膀生在腋下，很小，也只能当个点缀看看，不能用来飞行。

巴族祖先廪君

天帝伏羲有许多后代子孙，其中有一个特别著名，就是廪（lǐn）君。

廪君生活在南方的武落钟离山，最初名叫务相（xiāng），是巴氏一族的孩子。住在这座山上的，还有其他四个氏族——樊氏、瞫（shěn）氏、相氏、郑氏。这四族人都住在黑色的洞穴里，只有巴氏一族住在红色的洞穴里。

五族人没有共同的首领，各自信奉着本族信仰的鬼神，谁也不肯让谁。他们常常为了一点小事，你砍我杀，损伤不少。

天长日久，大家感到再这样内斗下去，将会走到种族绝灭的地步。于是，五族的老人们便聚在一起商量：既然各族都信奉各自的鬼神，谁也不服谁，那就推选代表出来进行比赛，谁得胜，就奉谁做五族人的共同首领，将五族并作一族，再也不相互残杀。

大家都说："好！"

商议好后，大家各自回去向本族的人说明规则，推选出一位代表，到约定的时间、地点出来比赛本领。

巴氏族推选务相做他们的代表，其余各族人也都推选了自己的代表。到了比赛那天，大家都装束齐备，簇拥着他们的代表，闹哄哄地朝山顶跑去。

比赛的第一个项目是掷剑。代表们站在山顶，各人手里握了一把短剑，尽力向对面山崖的洞穴掷去。他们约定，谁能够掷中洞穴，并使剑倒悬穴顶，就算获胜。代表们掷出的剑都在中途纷纷落下，唯独务相的剑掷中对面山崖上的洞穴，而且扎进石头，倒悬在穴顶。五族的人见了这情况，都齐声喝彩。

比赛的第二个项目是坐雕花土船。各族人预先塑造好一条泥土做的雕着花纹的船，停在河岸边，约定谁的船能在河里行驶而不沉没，就算获胜。五族的人纷纷来到河边，把各自做的船推下河去。其余几族的土船还没有驶到河中间，就都先后崩溃，沉没在河里，唯独务相驾驶的土船安然无恙（ān rán wú yàng 原指人平安没有疾病，后泛指平平安安，没有受到任何损伤）地到了对岸。

两项比赛都是务相胜利了，五族人就奉务相做了他们的首领，称他为"廪君"。

廪君聪明勇敢，带领大家狩猎、采果，没多久，他们的部族呈现出一片欣欣向荣的景象。但人口一天天增加，原来的洞

穴不够住了，山上的动物和可食植物也越来越少，廪君便决定带领大家去寻觅新的居住地。

廪君坐着他那条神奇的雕花土船，其余各族的人坐着普通木船，从水路出发，顺着夷水，浩浩荡荡，沿江而下。几天后，他们便来到盐水流域。

大家舍舟登岸，找地方搭建营地，准备在这里休息几天再出发。盐水女神聪明又美丽，对英雄廪君产生了爱慕之情，亲自来拜访廪君，对廪君说："我们这里地广人稀，又出产丰富的鱼、盐，希望你和你的部族能留在这里，不要再前行了。"

廪君知道盐水女神的用意。虽然他也爱慕盐水女神，但他觉得这块土地还是不够广大，出产的鱼、盐也不够丰富，作为一个部族的新居地，实在是不够理想。因此他没有答应盐水女神的请求。

廪君带着他的部族，又从盐水出发了。一路上，歌唱声和鼍（tuó）鼓声震撼着大地，大家都为他们的继续前行而高兴。还在怀念盐水女神的廪君被众人的欢乐情绪感染，也不时发出开心的笑声。

他们的船队顺流而下，来到一个神奇的地方，这里有高山深谷，两岸的山上林木蓊郁（wěng yù 形容草木茂盛）。大家停下船，看见岸边有一个约三丈宽的石梯，石梯一梯连一梯，一直通到最高处。

大家都很好奇，想上去看个究竟。他们沿着石梯往上走，来到一片原野。这里广阔而美丽，有丰茂的绿草，有高大的树木，有盛开的鲜花，小鸟啁啾（zhōu jiū 指鸟叫的声音）……廪君等人的到来，惊动了狐狸、兔子，动物们跃进草丛，一转眼就不见了。这真是一个好地方，是廪君要寻找的理想居所。

廪君带领大家围在一块大石头旁商量是否在此安家。这块石头非常大，上面还很平整。廪君一面和众人商谈着，一面把一些小竹片放在石头上，用来比画筑城的情况。

说来也奇怪，这些小竹片一放到石头上，竟然像生了根似的附在石头上，再也取不下来。廪君和众人觉得这是祖先的旨意，是东方天帝伏羲的意图，要他们安心住在这里，永远不要离开。

廪君和大家开始在这里建城，他们花了很长时间造了一座雄伟的都城，叫夷城。他们的子孙就在这里世世代代繁衍生活下去，成为中国西南地区的一个强大部落——巴族。

黄帝大战蚩尤

很久很久以前，黄帝管理着华夏大地的北方，他很受百姓爱戴。

有一个恶神叫蚩尤（chī yóu），人身牛蹄，有尖利的角，耳朵旁边的毛发直竖起来，像剑戟（jǐ）一样。他不但长得奇怪，吃的东西也很奇怪，他能吃沙子、石头，会使用各种武器，也能制造各种兵器。

蚩尤因为本领超强，就萌生了夺取黄帝宝座的野心。他看时机渐渐成熟了，就带领他的军队——铜头铁额的弟兄们、勇猛善战的苗民们，还有魑魅魍魉（chī mèi wǎng liǎng）等妖怪们，浩浩荡荡地向黄帝的领地涿（zhuō）鹿进军。

这突然的来袭让黄帝非常惊慌和震怒。黄帝本想用仁爱之心去感化、说服蚩尤，让他放弃这场战争，可是蚩尤不理会。

战争不可避免地爆发了。黄帝率领着众神开始迎战，那些熊、貔貅（pí xiū 传说中的凶猛瑞兽）、虎、豹等猛兽和北方善于作战的民众也跟着黄帝出战。黄帝和蚩尤可谓棋逢对手，各不相让。

当双方的军队在原野上战斗的时候，蚩尤施了魔法，漫天大雾把黄帝和他的军队困在当中，辨不清东西南北。恶神蚩尤和他的鬼怪们时出时没，见人就杀，杀得黄帝的军队马嘶人叫，虎窜狼奔。黄帝和众神无法对付蚩尤了。

黄帝赶紧派人打听蚩尤最怕什么，得知那些妖怪最怕一种声音，那就是龙的叫声。有人还告诉黄帝，士兵们用牛羊角做的军号能发出低沉的龙吟一般的声音。黄帝马上派人吹响军号。这种声音回环婉转，一在战场上响起，蚩尤的妖怪们有的

吓破了胆，四处乱窜；有的听得如痴如醉，放下了武器……黄帝和他的军队这才突出了重围。

可是，蚩尤并不认输，他又请来了风伯雨师，掀起一场猛烈无比的狂风暴雨。狂风朝着黄帝驻扎的营地吹过来，暴雨只在黄帝的营地里倾盆而下，黄帝的军队被暴风雨冲击得四散奔逃。黄帝急忙向他的女儿魃（bá）求助。魃的身体里装满了热量，她一走上战场，那狂风暴雨瞬间消失得无影无踪，突然之间就烈日当空。蚩尤和其他妖怪赶紧四处逃窜。

蚩尤有在空中飞翔的本领，也有在山岭上行走的本领。几次交手，虽然他损失了不少的兄弟和苗民，但他本身安然无恙，军队大部分主力还在，他决定打长久战。

黄帝一看这情形，心里非常着急。双方交战时间一长，黄帝的军队士气渐渐低落，都想尽快结束这场战争。

后来，黄帝想出了一个办法，那就是造一面特殊的军鼓来振作士气，压制敌人。他派人用野兽夔（kuí）的皮做了一面非常大的战鼓，用雷神的耳骨做了两个长鼓槌（gǔ chuí 敲鼓用的棒），这两件东西碰在一起，发出的声音比打雷还响，五百里以外都能听见。

这面军鼓被黄帝的士兵搬到了战场上，一连擂了九通，果然山鸣谷应，天地变色，吓得蚩尤的军队丧魂落魄，不能飞也不会跑了。黄帝的军队士气高涨，追杀过去，生擒了蚩尤，真正结束了这场战争。

刑天舞干戚

当炎帝统治天下的时候，刑天是炎帝手下的一位大臣。刑天生平酷爱音乐，曾为炎帝作乐曲《扶犁》，作诗歌《丰收》，总名称为《卜谋》，以歌颂当时人们幸福快乐的生活。

后来炎帝被黄帝打败，炎帝从此就忍气吞声，不敢和黄帝抗争，但炎帝的子孙和属下却不服气。当蚩尤举兵反抗黄帝的时候，刑天就想去参加这场战争，可是炎帝极力阻止刑天，刑天才没有参战。蚩尤和黄帝之战以蚩尤失败而告终。

蚩尤被杀，刑天再也按捺不住他那颗愤怒的心，决定去和黄帝争个高低。

刑天左手握着长方形的盾牌，右手拿着一柄闪闪发光的大斧，一路过关斩将，砍开重重天门，直杀到黄帝的宫门前。

黄帝正带领众臣观看仙女们的轻歌曼舞，猛见刑天挥舞盾斧杀将过来，顿时大怒，拿起宝剑就和刑天搏斗起来。两人

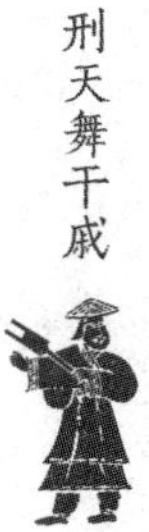

剑刺斧劈，从宫内杀到宫外，从天庭杀到凡间，直杀到常羊山旁。

常羊山是炎帝出生的地方，往北不远便是黄帝诞生地轩辕国。轩辕国的人个个人脸蛇身，尾巴缠绕在头顶上。两个仇人到了常羊山，更是憋足了劲，唯恐在自己的家乡丢脸，因此战斗更加激烈。

刑天想："天地本是炎帝的，现在被你窃取了，我一定要替他夺回来。"

黄帝想："现在普天之下国安民乐，我轩辕子孙繁荣昌盛，岂容他人染指？"

两人都使出浑身力量，恨不得让对方一下屈服。

黄帝到底是久经沙场的老将，又有九天玄女传授的兵法，便比刑天多些心眼。他覷（qù 看）个破绽，一剑向刑天的脖子砍去，只听"咔嚓"一声，刑天的那颗像山一样大的头颅便从颈上滚落下来，落在常羊山下。

刑天一摸脖子上没有了头颅，顿时惊慌起来，忙把斧头移到握盾的左手，伸出右手在地上乱摸乱抓。他要找到他那颗不屈的头颅，安在脖子上再和黄帝大战一番。

刑天摸呀摸呀，周围的大小山谷被他摸了个遍，参天的大树，凸出的岩石，在他右手的触摸下都折断了、崩塌了，他还是没有找到自己的头颅。刑天只顾向远处摸，却没想到头颅就在他战斗的常羊山山脚下。

黄帝怕刑天真的摸到头颅，又恢复原来的样子来和他作战，就连忙举起手中的宝剑向常羊山用力一劈。随着“轰隆隆”“哗啦啦”的巨响，常羊山被劈为两半，刑天的巨大头颅骨碌碌地落入劈开的山中，随即两山又合二为一，把刑天的头颅深深地埋葬了。

听到周围的响声，刑天感觉到异样的变动，便停止摸索头颅。他知道黄帝已经把自己的头颅埋葬了，他将永远身首异处。刑天呆呆地立在那里，就像是一座黑沉沉的大山。他想象着黄帝那扬扬得意的样子，愤怒极了。他不甘心就这样败在黄帝手下，于是一只手拿着盾牌，另一只手举起大斧，向着天空乱劈乱舞，继续和看不见的敌人拼死搏斗。

失去头颅的刑天，赤裸着他的上身，把两乳当作眼，把肚脐当作口，把身躯当作头颅。那“眼”好像在喷射愤怒的火焰，那圆圆的“口”似乎在咒骂，那如山一样的身躯坚实稳固。他两手拿着斧和盾，不停地朝黄帝挥舞。

看着无头的刑天还在愤怒地战斗，黄帝心里有些害怕，也有些敬畏。他不想再和无头的刑天战斗，就悄悄地离开了。

据说那无头的刑天，至今还在常羊山附近，挥舞着手里的干戚（干指盾牌，戚指大斧，盾牌与大斧合称干戚）呢。

少昊之国

在遥远的东方海边，有一个国家叫少昊（shào hào）国，这个少昊国和其他国家不同，它是一个鸟儿的王国。建国者名叫少昊，他的父亲太白金星是白帝的儿子，母亲是天山的仙女皇娥。

金星和皇娥非常恩爱，两个人常常肩并肩地坐在木筏上，弹着桐琴梓瑟。金星弹琴的时候，皇娥就倚在琴边唱歌，皇娥唱罢，金星又唱，以答和（hè）皇娥的歌，两人一唱一和，快乐无比。

少昊诞生的时候，天空中飞来五只凤凰，颜色各异，按五方的颜色——红、黄、青、白、玄排列。它们在少昊家的院子里停了三天三夜，因此少昊又被称为“凤鸟氏”。

少昊天赋异禀（tiān fù yì bǐng 形容一个人有异于常人的奇特天赋。异：特别的，不寻常的），在父母的精心培育下，练就了超凡的本领和卓越的才能。后来，他在东海之滨建立了一个奇异的国家——少昊国。

少昊国是鸟的王国，臣僚百官都是各种各样的鸟儿。在这些官员当中，燕子、伯劳、鷃（yàn）雀、锦鸡分别掌管春、夏、秋、冬四季的天时，凤凰总管百鸟。除此之外，少昊又派了五种鸟来管理日常事务：孝顺的鹁鸪（bó gū）掌管教育；凶猛的鹫（jiù）掌管军事；公平的布谷掌管建筑营造，给众人盖房子，并总是能够平均分配；威严的雄鹰掌管法律；鹘鸠（gǔ jiū）这种小鸟儿，整天叽叽喳喳，少昊就让它管修葺（指修理）等杂活儿；善辩的斑鸠（bān jiū）掌管言论。

另外有九种扈（hù）鸟掌管农业上的耕种和收获，使少昊国的百姓不至于饿死。少昊还让五种野鸡分别掌管木工、漆工、陶工、染工、皮工……各种各样的鸟儿都鸟尽其材，物尽其用，各司其职，协调活动。

因此，一到少昊国开会的时间，就会百鸟齐鸣，莺歌燕语，叽叽喳喳。有轻盈灵巧的麻雀，有五彩斑斓（bān lán 灿烂多彩）的凤凰，有长相普通的喜鹊，也有引人注目的孔雀……而一国之君少昊就根据诸鸟的汇报来论功行赏、论过行罚，一切都显得那么井井有条。百鸟们无不感激少昊的慈爱和德政，无不佩服少昊的智慧和才华。

少昊见百鸟之国呈现出一片欣欣向荣的景象，十分高兴。他为了让百鸟之国更加兴旺发达，便请来年幼聪敏、很有才干的侄儿颛顼（zhuān xū）帮助自己料理朝政。

颛顼不负众望，做得也很出色，深得叔父的赏识。少昊见侄子这么勤劳能干，为了奖励他，就手把手教颛顼弹奏琴瑟。后来颛顼回他自己的国家了，琴瑟没有用处了，少昊就把它抛到东海里。

从此，每当夜静月明、碧波无浪的时候，东海里就会传来一阵阵悠扬悦耳的琴瑟声。

很多年以后，乘船路过这里的人，偶尔还会听到海里传来的琴瑟之声，神秘而动听。

其实这少昊啊，本身就是一只鸷（zhì）鸟，长得像鹰鹯（zhān），勇敢而忠诚，所以他能够统治鸟类，在东方建立一个鸟的王国。

颛顼隔断天地

颛顼，作为北方天帝，几乎与少昊同时出现，是黄帝的曾孙。颛顼的父亲韩流是黄帝和嫘祖的孙子，长着长脖子，小耳朵，人的脸，猪的嘴巴，麒麟的身子。颛顼的长相大概随了他的父亲。颛顼虽说长相奇特，但从小就很聪明。

当少昊在东方的海外建立鸟国的时候，年轻的颛顼到少昊国游玩，还帮助他的叔父少昊治理国家。后来颛顼自己做了北方天帝，他的手下有禺强（yú qiáng）这员大将，禺强是海神兼风神。

禺强是黄帝的孙子，论起辈分来还是颛顼的父辈，可是禺强却毫无怨言地做了本领高强的侄儿颛顼的部下。叔侄俩共同管理着北方一万二千里寒冰积雪的荒野。

黄帝本来是中央天帝，是天地的最高统治者。正在黄帝心安理得地做着天帝的时候，蚩尤突然带着苗民来反抗，打了好几年仗。后来虽然平定了蚩尤，又战胜了刑天，但黄帝有些厌倦当天帝了。他看见颛顼办事能力很强，就把中央天帝之位让给了颛顼。

颛顼一登上天帝之位，果然表现出他统治天地的高强本领。他做的第一件大事就是派大神重和大神黎去把天和地的通路隔断。

在这以前，天和地虽然是分开的，但是距离较近，还有道路可以相通。地上有许多勇敢的凡人，凭着他们的智慧和勇气可以攀登天梯，直达天庭。世间百姓有了痛苦可以直接到天上去向天帝诉说，天上的神也可以随便到人间来游玩，人和神的界限并不是很严格。

大神重和大神黎遵命行事，各伸出一双毛毵毵（sān sān 形容毛发、枝条等细长的样子）的硕大无朋的手臂，一个去把天举起来，尽力往上举，一个去把地按下去，努力朝下按。这么一来，天就渐渐地往上升，地就渐渐地往下沉，本来相隔不远的天和地，就隔得很远很远了，即使有山和树之类的天梯，也起不了作用。

天和地的通路隔断以后，大神重就专门管理天，大神黎就专门管理地。管理地的黎到了地上还生了一个儿子名叫噎（yē）。噎长着一张人的脸，没有手臂，两只脚反转过来，架在头顶上，在大荒西极日月山上的吴姖（jù）天门中，帮助他的父亲黎考察日月星辰的运行情况。

天和地隔断后，地上的人再也没法上天了，人和神的距离一下子就被拉得很远。神高高在上，坐在云端享受着人类的祭祀，人类有了痛苦和灾难，神却可以不闻不问。身为天帝的颛顼对人类的痛苦也不再顾念。

归墟五神山

在东海边，有一个名叫归墟（xū）的地方。天地间所有的水都往归墟流，但归墟里的水却始终保持着不变的状态，既不会增加，也不会减少，即使天地间所有的水都流到归墟里，归墟也不会满，水也不会溢出来。

归墟里有五座神山：岱舆（dài yú）、员峤（qiáo）、方壶、瀛（yíng）洲、蓬莱（péng lái）。每座神山高三万里，山与山之间的距离有七万里。山上有黄金打造的宫殿、白玉筑成的栏杆，还有许多奇特的树。这些树结的果实像美玉和珍珠一样晶莹，味道非常好。这是神仙吃的果子，凡人吃了可以长生不老。

住在这些神山上的神仙们都穿着洁白的衣服，背上长有一对小小的翅膀。他们在大海上、碧空下，像鸟儿一样自由地飞翔，往来于五座神山之间，寻亲访友，外出游玩。神仙们的生活快乐而幸福。

但神仙们也有一个小小的烦恼。原来这五座神山都是漂浮在大海中的，一遇到大风，便会漂来漂去，给神仙们的生活造成很多不便，于是他们派代表去告诉天帝。天帝也担心神山漂到天边去，这样神仙就会无家可归。于是，天帝吩咐北海的海神禺强处理此事。

禺强是天帝的孙子，他长着人脸，身子可以变成鱼，也可以变成鸟。他既是北海的海神，又兼任北海的风神。当他以海神的姿态出现的时候，就是人脸、鱼身，有手有脚；当他以风神的姿态出现的时候，就是人脸、鸟身。他为什么一会儿是鱼身、一会儿是鸟身呢？原来他是北海里的一条大鱼，叫鲲，每年冬天，会摇身一变，变作一只大鸟，叫鹏。

禺强接受了天帝的命令，派十五只大乌龟把五座神山用背驮起来。禺强吩咐每座神山由一只大乌龟驮着，其余的两只守候在旁边，六万年轮流一次。这样一来，神山稳定了，住在山上的神仙们都欢天喜地。

位于昆仑山北几亿里的地方有个龙伯国，这个国家的人都是龙的种族，所以称为龙伯，龙伯国里的人都是巨人。

一天，一个龙伯国的巨人闲来无事，就带了一根钓竿，到东海去钓鱼。他太高大了，两脚一跨就到了归墟的五神山附近，走几步，就能绕着五神山转一圈。

巨人举起钓竿，接二连三地钓上来好几只大乌龟。这几只大乌龟恰好是背驮神山的乌龟。巨人不管三七二十一，背着乌

龟回家了。岱舆、员峤两座神山没有乌龟驮着，被风吹到了北极，沉到海里去了。住在这两座山上的神仙们都慌慌张张地在天空中飞来飞去，不知道发生了什么。

后来，天帝知道事情是龙伯国人干的，大发雷霆，便用神力把龙伯国的人身体缩小，把龙伯国的土地变小，以免他们再出去惹事。

剩下的三座神山方壶、瀛洲和蓬莱因为有大龟驮着，一直没有出什么事，至今还矗立在东海里。这三座神山都很有名，有些贪心的人想得到山上的宝物或不死良药，就千方百计寻访神山，结果都徒劳无益，没有找到。

精卫填海

传说，炎帝有个女儿叫女娃。女娃聪明伶俐，活泼可爱，炎帝十分喜欢她。女娃常常跟随父亲上山打猎，非常勇敢坚强。

一天，女娃和小伙伴们来到了东海边，勇敢的女娃就要下海去捉鱼，小伙伴们都说大海变幻莫测，要是水性不好就不能下海。女娃却毫不畏惧，说她会游泳，说着就跳进海里。机灵的她很快抓住了一条鱼，她兴奋地把鱼扔上岸，乐得笑哈哈的。然后，女娃又往海里游去。

可是，转眼之间太阳不见了，天上乌云翻滚，东海里波涛汹涌，岸边的小伙伴们大声惊叫。可是大海是这样的无情，瞬息万变。女娃被大海的巨浪吞没了，来不及挣扎，就被淹死了。任凭岸边的小伙伴们怎样呼唤，女娃再也没有回来。

死去的女娃变成了一只小鸟，名叫精卫。被无情的大海吞没的女娃想到别人也可能会被大海夺走生命，所以发誓要填平东海。

精卫长着花脑袋、白尖嘴、红脚爪，她把家安在发鸠山上。精卫每天不断地从西山衔来一根根小树枝、一颗颗小石头，丢进东海，她要把东海填平。

翱翔在西山和东海之间的精卫不停地叫着，好像在不停地说：“就算我飞上一千年、一万年、一万万年，直到我累死，我也要将东海填平！

“东海，你夺去了我年轻的生命，将来还会有许多无辜的生命被你无情地夺去。我要填平你！填平你！

“我要永无休止地填下去！这叫人悲恨的东海呀，总有一天我要把你填平！”

精卫不停地鸣叫，不停地往海里投树枝、石子儿。大海却永远沉默不语，时而风平浪静，时而波涛汹涌，不理会精卫的鸣叫。

精卫不停地飞翔着、鸣叫着，离开东海，飞回西山。然后，她又把西山上的石子儿和树枝衔来投进东海。她就这样往复飞翔，从不休息。

生活在这里的海燕把精卫所做的一切都看在眼里，当他知道了女娃的遭遇，就爱上了精卫，陪伴着精卫。后来精卫和海燕结婚，他们生下的孩子，雌的叫精卫，雄的叫海燕。

如今东海还有个叫精卫誓水的地方，它因为女娃曾经淹死在那里，精卫发誓不喝那里的水而得名。

羲和浴日

相传远古时代，在羲和国，有个女子名叫羲和，她是东方殷民族供奉的天帝帝俊之妻，生了十个太阳。他们最初生活在东方海外的汤谷。

起初，羲和每天在汤谷的咸池里为太阳们洗澡，使池水滚热如沸汤。太阳洗澡后就栖息在一棵叫作“扶桑”的大树上，其中九个住在下面的枝条上，一个住在上面的枝条上。它们轮流由妈妈羲和陪伴，按照严格规定的路线和程序出去值班，在母爱的关怀下幸福地工作着。所以太阳虽说有十个，每天和人们见面的却只是某一个。

慈祥的羲和像所有妈妈一样照护着她的儿子们。十个太阳轮流在咸池里洗澡，从汤谷出发，乘坐着羲和驾驶的由六条龙拉着的车子飞快地奔跑，一直到悬车这个地方停下——“悬车”就是停车的意思。剩下的一段路程必须由儿子自己走——

这是规矩。

羲和总是不放心自己的儿子，每次都会在车上等候它们。看着儿子走向虞渊，进入蒙谷，把最后几缕灿烂的金光涂抹在蒙谷水滨的桑树和榆树上，结束几十万里的行程后，羲和才驾着空车，穿过繁星和轻水，回到东方的汤谷，准备陪伴护送第二个值班的儿子。如此循环往复，天下太平。

可是，慢慢地，太阳们忍受不了母亲的陪伴和约束，它们被母亲的爱禁锢得简直要疯掉了。

“我们要自由！”不知哪个太阳率先发出了怒吼。

“我们要自由！”其他太阳不约而同地应和着。

太阳们浑身充满着无穷的能量，认为自己是万事万物的主宰，作为天帝的儿子，它们有理由、有信心、有能力获得自由！

一天早晨，“轰”的一声，十个太阳一起飞跑出来，谁也不去坐母亲驾驶的那辆车子，而是欢喜地跳着、蹦着，四散在广阔无垠的天空，充耳不闻慈母的呼唤。

这是一幅怎样的画面啊！这些高高在上的太阳们猖狂任性，恣意妄为。它们的热量烤焦了大地——森林着火了，烧死了很多动物，没有烧死的动物流窜于人群之中，发疯地寻找食物；许多河流干枯了，很多鱼都死了，水中的怪物爬上岸偷窃食物；人们出门寻找食物，被太阳的高温活活烤死，另外一些人成了野兽和怪物的食物，活着的人们在火海里挣扎着。

虽然儿子们不听召唤，但羲和仍以一颗慈母之心尽力地帮助他们。知子莫如母，羲和知道，燥热的儿子们不仅有灼热的内心，更有炽热的外表。汤谷里的水已被它们烤干了，如果找不到合适的浴场，自己这几个调皮的儿子就会由内而外焦渴而死。

羲和驾驶空空如也的车子，六条龙腾云驾雾，从汤谷出发驰行。羲和目不转睛地盯着大地上的沟沟壑壑、江海湖泊，为儿子寻找合适的浴场。

突然，一条蜿蜒的河流映入她的眼帘：呀，这条河隐匿于大山皱褶之中，穿过一条东西横向的山脉向北汇入滔滔汶河。羲和想，如果将此地作为儿子们的浴场，它们洗澡时，群山可以遮挡住它们的照射，从而减轻人们的郁热和烦躁；汶水浩荡，也能补充儿子们烤干的水分。

但那些自由不羁、顽劣不堪的孩子，完全不理会母亲的一番苦心。

就在太阳们兴高采烈地在天上玩耍时，突然觉得从内到外开始焦躁起来，口干舌燥，五内俱焚，急需找一处水池。这时，它们看到了坐在河边的母亲。

羲和听到儿子们飞奔而来的风声，这位人首蛇身的神仙施展仙法，摇起自己硕壮的尾巴，卷起清澈的河水喷洒在儿子身上，整个河流上空霎时腾起一片白雾。焦躁的太阳们被清凉的河水一浇，顿觉神清气爽。它们欢喜雀跃，忘记了刚才的痛苦，对母亲的关心视而不见，对母亲的劝告充耳不闻。它们朝母亲眨眨眼，蹦蹦跳跳地又开始了海阔天空的旅行。

太阳是多么光明灿烂啊！仅一个照面就烤焦了河流周围的草木鱼虫，晒裂了周边的山峦道路，强烈的阳光照得整条河流通明透亮，这条河因此有了一个响亮的名字——广明河，后改称为光明河。

深受太阳毒害的人类恨死了这些太阳。顽皮的太阳们还愚蠢地以为，光明灿烂的大地上的生物对它们非常欢迎，哪知道，这已经为自己惹下了杀身之祸。

大羿射日

十个太阳一起来到了天空，大地上的人和物突然受不了了。十个太阳像十个大火团，它们一起发出的热量烤焦了大地，烧死了许许多多的人和动物。森林着火啦，所有的树木、庄稼和房子都被烧成了灰烬。那些逃离大火的人和动物发疯似的寻找可以躲避灾难的地方，到处寻找救命的水和食物。

河流干枯了，大海缩小了，大部分鱼类也死掉了。人们在火海中苦苦挣扎，祈求上苍的恩赐！

这时，有个年轻英俊的青年叫大羿，他是个神箭手，箭法超群，百发百中。他看到人们遭受苦难，心中不忍，便暗下决心要射掉那多余的九个太阳，帮助人们脱离苦海。

大羿翻过了九十九座高山，迈过了九十九条大河，穿过了九十九个峡谷，来到了东海边，登上了一座大山，山脚下就是茫茫的大海。

大羿先是劝说十个太阳每天轮流出来，给人间带来光明，而不是像现在这样给人间带来灾难。但太阳们不肯听从大羿的劝说。

愤怒的大羿搭上千斤利箭，拉开万斤弓弩（nǔ），瞄准天上火辣辣的太阳射出一箭，第一颗太阳被射落了；大羿又搭上箭，拉开弓，“嗖”的一声，竟然同时射落了两个太阳。这下，天上还有七个太阳瞪着红通通的眼睛看着大地。大羿感到这些太阳仍然有些多，他又狠狠地射出了第三支箭。这一箭射得更有力，一箭射落了三个太阳。其他太阳吓得四处乱逃。

就这样，大羿一支接一支地把箭射向太阳，无一虚发，一口气射掉了九个太阳。剩下最后一个太阳了，它害怕极了。大羿没有射它，而是吩咐它每天按时出来，按时回去。

从此，这个太阳每天早上从东方的海边升起，晚上从西边的山上落下，照耀着人间，让万物得以生长，百姓能够安居乐业。大羿也成为百姓心中永远的英雄。

夸父逐日

夸父一族是神的后代，他们住在北方的山上，个个都是身材高大的巨人。他们勇敢坚强，善良平和，意志坚定，喜欢打抱不平。

夸父族的首领叫夸父，也是个巨人，他坐在地上就像一座大山；他站起来，那更不得了，脑袋都要碰着天上的云彩了。他的两条腿很长很长，一步就能跨过一条大河。他一跑起来，飞鸟也追不上他。

那时候，人们住在树林里，穿树皮，吃野果，日子过得很苦。有一年，天大旱，太阳像火一样直射大地，庄稼被烤焦了，许多河流被晒干了。人们热得十分难受。

夸父想："太阳太可恶了！我一定要捉住太阳，让它听人们的指挥。"于是，夸父立下雄心壮志，发誓要把太阳捉住，驯服太阳，让它为百姓服务。

夸父迈开大步，去追赶太阳。眼睛一眨，他就跑了一万多里路。他翻过崇山峻岭，跨过深谷河流。他不停地追呀追，脚磨破了，流出了鲜血，身后留下了一个个血红的足印。夸父太累了，就折了一根桃枝当手杖，继续追赶太阳。他一直追到太阳下山的地方，红通通的太阳就在眼前了。夸父非常高兴，就想伸出双臂把太阳抱住。

可是太阳像个火球，光芒四射，根本无法靠近，反而把夸父烤得口干舌燥。夸父很渴，就转身跑到黄河旁边，弯下身子，一口气把黄河里的水喝光了。可是夸父还不解渴，又跑到渭河边，一口气把渭河里的水也喝光了。

夸父喝了那么多的水，还是很渴。他想起了北方有一个像大海一样的湖，就赶快向北方跑去。可是他太渴了，跑不动了，便慢慢地停下来，身子晃了晃，轰隆一声，像山一样倒了下去，把大地都震得抖了几下。

夸父渴死了。夸父的手杖掉在地上，一会儿就生了根，再过了一会儿又发了芽，抽出了枝，长成了一棵桃树。后来，这个地方长出了一棵又一棵桃树，结的桃子又多又大，要是谁走路口渴了，摘几个桃子吃一吃，就不渴了。

这是夸父用他自己的方式留给后人的一份礼物。人们永远纪念这个追赶太阳、善良勇敢、执着坚强的英雄——夸父。

愚公移山

夸父一族的人不但有追赶太阳的故事，还有帮助愚公搬走两座大山的故事。

很久以前，北山有一个叫愚公的老人，已经九十岁了，他家门口是太行、王屋两座大山，出入很是不便。

于是愚公召集家里所有的人来商议：“太行、王屋两座大山挡了我们的路，我们把这两座山搬到其他地方好不好？”

愚公的子孙们都说：“好！好！好！”

愚公的妻子听说一家人要去搬山，有些疑虑，便对愚公说：“算了吧，像你这把年纪，恐怕连魁父（kuí fù）那样的小山丘都动不了，还想去搬太行和王屋两座大山。就算你能搬得了它们，你把山上的那些泥块、石头又放到哪里去呢？”

愚公的儿孙说：“我们把石头挑到渤（bó）海边上，不就行了吗？”最后大家达成了一致，搬山的工程就开始了。于是，愚公家的人挖土的挖土，运石的运石，他们把山上的石头和土不停地运往渤海。这些搬运泥土和石头到渤海去的人，一走就是大半年，脱下棉袄换单衫，才打了个来回。

邻居京城氏是个寡妇，她有个遗腹子（出生时父亲已经去世的孩子），已经七八岁了，刚到换牙的年龄，看见大家干活干得这么起劲，也蹦蹦跳跳地前来帮忙。

住在河湾的智叟看见愚公一家这么辛苦，笑着去劝愚公，他说："老头子，歇口气，像你这样风烛残年的人，每天只搬这一点点土，又能把太行、王屋这两座大山怎么样呢！"

愚公回答道："请你不要多说！我看你的见识，竟连那寡

妇和小孩都不如。即使我死了，还有儿子，儿子死了有孙子，孙子又会生儿子，儿子还会有儿子……山又不会再长高，我们子子孙孙、世世代代坚持做下去，还怕这山挖不平吗？”智叟被愚公说得哑口无言，竟找不出话来反驳。

愚公说的这些话，恰好被一个手里拿蛇的天神听见了。天神很吃惊，担心愚公这么做下去，这两座大山总有一天会变成平地。于是，天神赶紧跑去报告天帝。

天帝听了很吃惊，愚公坚定的移山志向也让天帝深受感动。

天帝决定帮助愚公，便派了巨人夸娥氏——夸父一族的两个儿子替愚公把他家门前的两座大山太行、王屋背走了。本来连在一起的两座山，一座被安顿到朔（shuò）东，一座被安顿到雍（yōng）北。

从此，太行、王屋两座山再也不挡愚公家的路了，他们一家人出入很方便，再也不为此苦恼了。

嫦娥奔月

大羿一口气射下九个太阳，并严令最后一个太阳按时升落，为民造福。他因此受到百姓的尊敬和爱戴。一个美丽的姑娘嫦娥也因此仰慕大羿，做了大羿的妻子。大羿除了和大家一起狩猎外，有空就陪伴妻子，夫妻很是和睦。人们都羡慕这对郎才女貌的恩爱夫妻。

可是，大羿的名气太大了，不少志士慕名前来拜师学艺，想学习大羿的射箭技术。一个叫逢蒙的人混了进来，大羿见逢蒙很好学，也把他收为徒弟。实际上，逢蒙是个心术不正的人。

一天，大羿到昆仑山访友求道，巧遇由此经过的西王母。西王母给大羿一颗不死药，并告诉他，人服下此药就能升天成仙。然而，大羿舍不得撇下妻子独自去做神仙，就把不死药交给嫦娥珍藏。嫦娥将药藏进梳妆台的百宝匣里。不料这件事被逢蒙知道了，他想偷吃不死药，自己成仙。

几天后，大羿率众徒外出狩猎，心怀鬼胎的逢蒙假装生病，留了下来。待大羿率众人离开后，逢蒙手持宝剑闯入后院内宅，威逼嫦娥交出不死药。嫦娥知道自己不是逢蒙的对手，危急之时她打开百宝匣，拿出不死药一口吞了下去。嫦娥吞下药后，身子立刻飘离地面，冲出窗口，向天上飞去。

嫦娥心里实在挂念丈夫，就飞落到离人间最近的月亮上成了仙。逢蒙一看自己闯了祸，赶紧逃走了。

嫦娥到了月宫，异常思念丈夫，大羿也日思夜想妻子，期望能再见妻子一面。

后来西王母告诉大羿一个办法：在每年的八月十五月圆之夜，大羿用面粉做丸，团成月亮的形状，放在屋子的西北方向，然后再连续呼唤嫦娥的名字，三更时分，嫦娥就可以回家和大羿团聚。大羿照做了，果然见到了从月亮飞来的嫦娥，夫妻得以团聚。

后来，人们把这种面粉做出的圆团叫月饼。每年的八月十五也成了中秋节，成为全家人团聚的日子。

神农氏尝百草

很久以前，老百姓靠打猎为生，天上的飞禽越打越少，地上的走兽越打越稀，要是打不到猎物，人们只好饿肚子。有时候，有人生疮害病，根本无药可医，只能听天由命。对老百姓的疾苦，部落首领神农氏瞧在眼里，急在心头。

神农氏苦思冥想，终于想出了一个办法。他决定带着一批臣民离开家乡，去寻找食物和治病的草药。

一天，神农氏和臣民们正往前走，突然从峡谷里窜出来一群野兽，把大家团团围住。神农氏和臣民们挥舞木棍，向野兽们打去。打走一批，又拥上来一批，一直打了七天七夜，才把野兽赶跑。那些虎豹蟒（mǎng）蛇身上有被他们的棍子抽出的一条条一块块伤痕，后来变成了皮上的斑纹。这时，臣民们说这里太险恶，劝神农氏回去。神农氏摇摇头说：“不能回去！回去我们饿了没吃的，病了没药医，我们怎么能回去呢？”

他们继续走啊，走啊，腿走肿了，脚起茧（jiǎn）了，还是不停地走，整整走了七七四十九天，终于来到一个好地方。只见这里高山一座接一座，峡谷一条连一条，山上长满奇花异草，大老远就闻到了香气。这里五谷和杂草长在一起，药物和百花混在一起，哪些可以当作粮食来吃，哪些可以当作草药来治病，谁也分不清。

神农氏领头进了峡谷，来到大山脚下。这山半截儿插在云彩里，四面是刀切崖，崖上挂着瀑布，长着青苔，溜光水滑，看来没有登天的梯子是上不去的。神农氏打算到山顶上去看看，臣民们又劝他算了吧，还是趁早回去。但神农氏坚定地表示一定要登上山顶。

他站在一个小石山上，对着高山上下观察，发现猴子顺着高悬的古藤和横倒在崖腰上的朽木爬来爬去。神农氏灵机一动，有了！他当下把臣民们喊来，叫他们砍木杆、割藤条，靠着山崖搭成架子。他们一天搭上一层，从春天搭到夏天，从秋天搭到冬天，不管是刮风下雨，还是飞雪结冰，从来不停工。他们整整搭了一年，搭了三百六十五层才搭到山顶。据说，后来人们盖楼房用的脚手架就是学的神农氏。

神农氏带着臣民攀登木架上了山顶。哎呀！山上真是花草的世界！红的、绿的、白的、黄的……各色各样，密密丛丛。神农氏喜欢极了，叫臣民们防着狼虫虎豹，他亲自采摘花草放到嘴里尝。

白天，他领着臣民到山上尝百草；晚上，他叫臣民生起篝火，他就着火光把采来的植物详细地归类整理：哪些能充饥，哪些能医病，哪些是止血的，哪些是止痛的，哪些是解热的，都标记得清清楚楚。

有一次，他把一棵草放到嘴里一尝，霎（shà）时间天旋地转，一头栽倒。臣民们慌忙扶他坐起，他明白自己中了毒，可是已经不会说话了，只能用手指着前面的一棵草。大家慌忙把那棵草放到他嘴里，他费力地嚼了嚼，慢慢地他竟然头不晕了，也能说话了。从此，人们就知道哪种草药有毒不能吃，哪种草药能解毒，能救人性命。

神农氏还用这样的办法尝出了麦子、稻子、谷子、高粱等粮食，他叫臣民们把这些植物的种子带回去，让百姓种植，这就是后来的“五谷”。他还尝出了三百六十五种草药，写成了《神农本草》一书，叫臣民们带回去，为天下的百姓治病。

从那以后，老百姓基本能保证温饱，华夏大地从此开始了一个全新的时代，可以靠种庄稼维持生活。

神农氏对中华文明有着不可磨灭的巨大贡献，被后世尊称为“三皇”之一。

燧人氏取火

在远古时期，人们不知道有火，更不知道用火。到了晚上，要是没有月亮，四周就一片漆黑，野兽的吼叫声此起彼伏，人们蜷缩在一起，又冷又怕。由于没有火，人们只能吃生冷的食物，经常生病，寿命也很短。

天上有个神叫伏羲，他看到人间的生活这样艰难，心里很难过，便想让人们知道火的用处。于是伏羲大显神通，森林中顿时电闪雷鸣，随着“咔嚓”一声巨响，雷电劈在树木上，树木燃烧起来，很快就变成了熊熊大火。人们被雷电和大火吓着了，到处奔逃。不久，雷雨停了，夜幕降临，雨后的大地更加湿冷。逃散的人们又聚到了一起，他们惊恐地看着燃烧的树木。

这时候，有个年轻人发现，雷电过后，人们聚居的地方竟然没有野兽的嚎叫声了。他想：“难道野兽怕这个发亮的东西吗？”于是，他勇敢地走到正在燃烧的树枝边，他发现这里好暖和呀！他兴奋地招呼大家："快来呀，这儿不可怕，这是个好东西。这里很亮，也很暖和！"这时候，人们又发现不远处被烧死的野兽发出了阵阵香味。人们聚到火边，分吃烧过的野兽，觉得自己从来没有吃过这样的美味。人们感到了火的可贵。他们捡来树枝，一直让火燃着，将火种保留起来，每天都有人守着火种，不让它熄灭。可是有一天，值守的人睡着了，火燃尽了树枝就熄灭了。人们又重新陷入了黑暗和寒冷之中，继续过着又冷又惊恐的日子。

天神伏羲在天上看到了这一切，他便托梦给最先发现火的那个年轻人，告诉他："在遥远的西方有个燧（suì）明国，那里有火种，你可以去那里把火种取回来。"年轻人一醒来就想起梦中的话，决定去取火种。

年轻人翻过高山，涉过大河，穿过森林，历尽艰辛，终于来到了燧明国。可是这里没有阳光，没有白昼，黑漆漆的一片，根本没有火。年轻人非常失望，就坐在一棵大树下休息。

突然，年轻人眼前有亮光一闪一闪的。他立刻站起来，走近一看，发现就在一棵树上，有只大鸟正在用喙（huì 鸟兽的嘴）啄树。只要它一啄，树上就闪出一点亮光。年轻人看到这种情景，脑子里灵光一闪。他立刻捡来一根硬树枝，去钻旁边的大树，他不停地钻，果然能闪出亮光。可惜，这种树木钻出来的火只能发光，不能点燃其他东西。

年轻人不死心，又找来各种树枝，耐心地用不同的树进行

试验。终于，树枝上冒烟了、有火了。年轻人非常高兴，赶紧带上这些树枝回到家乡。他用钻木取火的办法给大家带来了火种，又把钻木取火的方法传授给大家。

从此，人们再也不用生活在寒冷和恐惧中了。火帮助人们抵御寒冷，驱赶野兽，烧熟食物。

人们被这个年轻人的勇气和智慧折服，推举他做了首领，并称他为“燧人”。燧人氏钻木取火的故事就这样流传了下来。

盘瓠娶公主

相传，居住在中原的高辛王的王宫里发生了一件奇事：王后娘娘的左边耳朵隐约痛了三年，百般医治也不见好转。

这天，王后娘娘的耳朵里发出一阵响声，她的耳朵又开始疼了。高辛王命医生前去查看，这次，医生竟然从王后娘娘的耳朵中挑出一个小东西，像蚕茧那么大，像珍珠那样闪闪发亮。从王后娘娘的耳朵里取出来这么一个洁白无瑕、小巧玲珑的宝贝后，她的耳痛病一下子就好了。

她很高兴，把这个小宝贝放在床边的葫芦瓢内，然后将葫芦瓢小心翼翼地放在一只彩色的木盘子里。看着精致的木盘和葫芦瓢，王后娘娘就给小宝贝取名“盘瓠（hù）”。

王后娘娘精心照顾着盘瓠，每天给他好吃好喝的，还给他唱歌。

一天，这盘瓠突然发生了变化，竟然变成了一条身像麒麟头像龙的动物，还不停地长，一寸、二寸、三寸……一尺、二尺、三尺……身子竟然长到了一丈二尺八寸。它头上独角似利剑，双目炯炯（jiǒng jiǒng 形容目光明亮）似电光，三分像麒麟（qí lín 中国传统瑞兽，性情温和），七分像云龙，全身上下有一百二十个花斑在闪耀，雄壮威武，神态非凡。盘瓠变成这种动物后，对着王后娘娘和高辛王恭恭敬敬地鞠了三个躬，磕了三下头。王后娘娘和高辛王乐得合不拢嘴，认为这是上天降下的祥瑞，是高辛王朝的洪福，因此根据他的相貌取名叫“龙麒”。

话说中原老百姓在高辛王的治理下，安居乐业。不料居住在北方的番（fān）王前来侵犯。高辛王派遣中原兵将进行抵抗，但因番王骁勇凶残，武艺高强，高辛王的部队屡战屡败。高辛王眼看大片疆土被侵占，边境百姓遭涂炭（tú tàn 处于极困苦的境地），急得饭也吃不下，觉也睡不好，整天愁眉不展，忧心忡忡（chōng chōng 形容忧愁不安的样子）。

王后娘娘见高辛王日夜忧虑，提议道：“番王大举侵犯，锐不可当，百姓受尽苦难。大王何不挂出榜文，招募勇将，斩番王以复疆土？”高辛王听了，觉得有理，挂出榜文说：“谁能斩杀番王，就将他招为东床驸马，把三公主许配给他做妻子。”

然而榜文挂出之后，朝中文武大臣都知道番王骁勇，番兵凶残，竟没有一个人敢来揭榜。这反而使高辛王更加心神不宁。

正在这时，忽听宫殿门口一声吼，只见盘瓠口衔榜文上殿来。高辛王感到奇怪，忙问道："盘瓠，你揭榜文，难道能斩番王吗？"盘瓠点了一下头。高辛王说道："你如能斩番王，本王定照榜执行，绝不食言。"

盘瓠听了，向高辛王鞠了三个躬，又跳了三跳，接着一声长吼，跳出宫门飞驰而去。

盘瓠走了七天七夜才到达番邦营寨。此刻，番王正在大帐中饮酒作乐，庆贺胜利。盘瓠摇身一变，变成一名番兵混杂在众兵之中。

番王心肠坏，取人心肝下酒菜；番王脾气怪，晚上睡觉贼眼开。想斩番王难上难，盘瓠候了一年又一年。

三年过去，盘瓠终于想出了一个智斩番王的好计策。

这一天，番王又抢了中原百姓的钱财，得意扬扬地在帐中摆宴。盘瓠将计就计，殷勤地向番王敬酒端菜，乐得番王喝了一碗又一碗，当第九碗酒浇入肚中时，番王就醉如烂泥了。

番王醉酒沉睡，番兵可以张大嘴巴喝个痛快了，于是一个个乐得跟过年似的。

说时迟，那时快，盘瓠见良机已到，急忙晃三下头，"唰"地抽出独角剑，"咔嚓"一声将番王的脑袋砍了下来。

番兵闻声蜂拥而入，见番王的脑袋掉了，个个呆若木鸡，惊恐万状，急忙吹起号角、敲起羯（jié）鼓追赶盘瓠。盘瓠在前面跑，番兵在后面追。盘瓠跑呀跑，好不容易跑到中原地界，又见一条大河挡住了去路。河水滔滔，波涛滚滚，河边既无竹筏，又无渡船，背后番兵又追来了，急得盘瓠团团转。这一急可了不得，盘瓠灵魂出了窍，顿时现出了龙麒的真面貌，他大吼一声跳下水，劈波斩浪往对岸游去。

盘瓠斩了番王，复了疆土，高辛王乐得笑眯眯地说："盘瓠啊，你斩番王，复疆土，功劳大，本王给你封官赐爵，建造府第好不好？"

盘瓠听了忙摇头，他既不想当官，也不要封侯。

"你不当王侯，本王赐你三千七百户口粮钱，子子孙孙不知饿饥。"

盘瓠一听又摇头，他一不要钱，二不要粮，一心要娶美丽的三公主。

高辛王明明知道盘瓠的心思，可就是不提盘瓠和三公主的婚事，他舍不得将三公主嫁给盘瓠，毕竟盘瓠不是人。最后，高辛王左思右想，终于想出了一个两全其美的计策：吩咐宫中一名侍女梳妆打扮，冒充三公主与盘瓠做夫妻。

假扮的三公主上了殿。高辛王装模作样地说："当初本王挂榜说，谁能斩番王以复疆土，就将三公主嫁给谁。现在本王就答应你和三公主成亲，满朝文武官员都要来向你贺喜。"

盘瓠一见假公主，围着假公主转了转，看了看，就像没事人一样。高辛工以为盘瓠已中计，心里暗暗欢喜。冷不防盘瓠一跳，来到高辛王背后，拉住真正的三公主，要求和她拜堂成亲。

高辛王一看傻了眼，正想阻拦，忽听三公主开口道："盘瓠征番，功绩盖世，榜文所示，不可违信。我愿与盘瓠结为夫妻。"

高辛王见此情形，只好说："盘瓠啊，如果你能变化成人的样子，本王就准许你们结为夫妻，否则你就不能娶我的三公主。"

盘瓠一听，忽然呵呵一笑，口吐人言："大王啊，你把我关在空仓柜里，七天七夜不要惊动我，我就可以变化成人。"

盘瓠进了仓，三公主心里慌，心想："七天七夜没饭吃他不会饿吗？七天七夜不见亮光他不会冷吗？七天七夜后他真的能变成人吗？"

三公主度日如年，一直等到了第六天。这天傍晚，宫门外溜进了一位黑衣女子，她是番王的女儿，乔装改扮混进宫门，为的是破坏盘瓠和三公主的美满良缘。只见她偷偷摸摸地来到仓柜前，扯开嗓子大叫："盘瓠死啦，还不赶快打开仓门呀！"

三公主一听，以为盘瓠在仓柜里已经饿死，忘记了盘瓠的交代，顾不得多问，就匆匆忙忙打开了仓。三公主一看，盘瓠根本没有事，身子和手脚已变得和人一模一样，可惜头还没有变完。仓门一开，变化立即停止，所以盘瓠的相貌就带有一点龙的样子。

三公主不嫌盘瓠相貌差，欢欢喜喜和他结成了夫妻。盘瓠和三公主在京城住了整整九年，生了三个儿郎。

大郎一出世，三公主叫盘瓠带着儿子进王宫，要请父王赐姓氏。高辛王见大郎睡在木盘里，于是赐姓盘。

二郎生下地，三公主又叫盘瓠带着儿子进王宫，要请父王赐姓氏。高辛王见二郎睡在篮子里，于是赐姓篮。

三郎刚生下，三公主又叫盘瓠带着儿子进王宫，要请父王赐姓氏，高辛王提起笔，突然空中雷声大响，于是赐姓雷。

不久，三公主又生了一个女儿，红似火，美如花。女儿心地善良，长大后，文武大臣都来求亲。后来通过比武招亲，武艺高强的钟智深做了郎婿。

盘瓠在京城领兵习武，一心一意协助高辛王治国安民。然而，高辛王自从番王被斩，边境安宁，认为天下太平无事，日夜同百官玩乐，对盘瓠的态度变得又冷又淡。

盘瓠夫妻决定弃官前往凤凰山。高辛王听说盘瓠不当官了，又听说三公主也要跟盘瓠去山里，顿时发了慌：

“女啊女，你可知凤凰山多远，凤凰山多高？”

“远在天边我能行，山高入云我能攀。”

“女啊女，你可知岭山风雨如晦（fēng yǔ rú huì 风雨交加，天色昏暗），走得进去，走不出来？”

“凤凰山，树遮天，盘瓠子孙正好开基田。”

“女啊女，你可知久住山中仁义浅，猿啼鸟叫客伤心？”

“刀耕火种供口腹，岂怕世人来笑嗔。”

“父给你们创建宫殿，免得你受风雨之苦。”

“儿喜爱巢居鸟宿之所，青山幽岩自适。”

“父给你储备国家粮钱，从此永享快乐。”

“我只求青山一座，代代不纳粮税。”

高辛王磨破了嘴皮，盘瓠还是要弃官，三公主一定要随行，夫妻俩秤砣落肚铁了心，坚决要离京。高辛王没有办法，遂颁发《抚徭卷牒》一份，批准盘瓠和三公主直望青山而去，遇山开路，永免差役，不纳粮税，所经州府验实放行，不得阻拦。

盘瓠隐居在凤凰山，带着子孙开荒辟地，刀耕火种，用自己勤劳的双手创建美丽富饶的家园，总算比在京城官场过得顺心、过得清静。

盘瓠的子孙后代常纪念盘瓠，奉盘瓠为他们的老祖宗。

嫘祖养蚕

很久很久以前，黄帝生在姬（jī）水之滨的轩辕之丘，所以后人也称他为轩辕黄帝。打败了侵犯他的蚩尤后，黄帝建立了部落联盟，并被推选为部落联盟首领。黄帝从此定居中原，奠定了华夏民族的根基。

黄帝带领百姓发展生产，种植五谷，驯养动物，冶炼青铜，制造生产工具。黄帝的妻子名叫嫘（léi）祖，她不但美丽善良，而且勤劳能干，带领妇女做衣服，让大家冬天有衣穿。

嫘祖为大家进行了具体分工：有人专门负责做帽子，有人专门负责做衣服，有人专门负责做鞋子，而嫘祖则负责寻找做衣服的材料。她带领妇女上山剥树皮、织麻网，她们还把男人们猎获的各种野兽的皮毛剥下来，进行加工。这样一来，等到天冷时，部落里的大人小孩都能穿上衣服和鞋子，还有帽子戴。

嫘祖却因为劳累过度病倒了。她好几天都不吃东西，大家给她端来了各种食物，嫘祖一看，总是摇摇头，说她一点儿也不想吃。

嫘祖的几个好姐妹看她这么憔悴，就悄悄商量，决定上山摘些野果回来给嫘祖吃。她们一早就进山，跑遍了山山峁峁，摘了许多果子，可是用口一尝，不是涩的，便是酸的，都不好吃。直到天快要黑了，才在一片桑树林里发现了一些白色的小果子，她们以为找到了鲜果，就摘了一篮子，谁也没顾上尝一口。她们怕山上有野兽，就匆忙下山了。

第二天，她们打算尝尝这些白色的果子，可是把果子放在嘴里什么味道也没有，用牙咬也咬不烂。大家你看我，我看你，谁也不知道这是什么果子。

大家正在面面相觑（miàn miàn xiāng qù 你看我，我看你，不知道如何是好）时，有个叫拱鼓的人走了过来，他看见几个女子站在那里发愣，连忙问发生了什么事。女子们便把她们为嫘祖上山摘回果子的事说了一遍。

拱鼓一听，笑着说："你们为什么不用水煮一煮再咬呢？"大家照他说的去做了，可是还是咬不烂。一个女子就用棍子在锅里边搅拌边说："我就不信煮不烂你！"她边说便使劲地搅，等她拿出棍子一看，棍子上缠着许多像头发丝那样的白细线。她们都很奇怪，赶忙跑去问嫘祖。

嫘祖是个非常聪明的女人，她详细地看了缠在棍子上的细丝线，非常高兴地说：“这一定不是果子，不能吃。但这些细线却有大用处，可以用来织布做衣服，你们立下大功了！”

嫘祖一高兴，病也全好了。她不顾黄帝的劝阻，亲自带领妇女上山看个究竟。嫘祖在桑树林里观察了好多天，才弄清这种白色小果子是一种虫子口吐细丝绕织而成的，并不是树上结的。

从此，在嫘祖的带领下，黄帝部落开始了栽桑养蚕的历史。后人为了纪念嫘祖，尊称她为“先蚕娘娘”。

仓颉造字

很久以前，黄帝手下有个叫仓颉（jié）的人，非常聪明，记性很好。黄帝就分派他专门管理圈里牲口的数量、仓里粮食的多少。仓颉既聪明，做事又尽心尽责，很快就记住了，很少有差错。然而慢慢地，随着数量的不断变化，仓颉光凭脑袋就记不住了。当时又没有文字，更没有纸和笔。怎么办呢？仓颉犯难了。

仓颉想来想去，就试着用在绳子上打结的办法计数，不同颜色的绳子表示各种不同的牲口、食物，用绳子打的结代表数目。这个办法刚开始还管用，可是时间久了，就不奏效了。原因是数目增加在绳子上打结很方便，而数目减少时，在绳子上解结就麻烦了。

仓颉又想到了在绳子上打圈儿，在圈上挂各式各样的贝壳来代表他所管的东西。东西增加了就添贝壳，东西减少了就去掉贝壳。这法子挺管用，仓颉一连用了好几年。

黄帝见仓颉这样能干，让他管的事情也越来越多。年年祭祀的次数，回回狩猎的分配，部落人丁的增减，统统归仓颉管。仓颉又犯愁了，凭着添绳子、挂贝壳已经远远不能帮助他记住这么多数量的变化了。怎样才能不出差错呢？

这天，仓颉参加集体狩猎，走到一个三岔路口，看见几位老人正为往哪条路走而争执。一位老人坚持要往东，说有羚羊；一位老人要往北，说前面不远处可以追到鹿群；一位老人偏要往西，说有两只老虎，不及时打死就会错过机会。仓颉一问，原来他们都是看着地上野兽的脚印来进行判定的。

仓颉心中猛然一喜，他想："万事万物都有自己的特征，如果能抓住事物的特征，画出图像，大家就都能认识，这不就是字了吗？"从此，仓颉便注意仔细观察各种事物的特征，譬如日、月、星、云、山、河、湖、海，各种飞禽走兽，日常使用的器物等，都按其特征，画出图形，造出许多象形字来。这样日积月累，时间长了，仓颉造的字也就多了，能记住的东西也越来越多了。

象形字越造越多，往哪里写呢？又成了一个难题。写在地上，过不了多久就被风刮得看不见了，刻在石头上又太重了，不便携带。最后仓颉发现将字刻在乌龟的龟甲上，用绳子穿起来，携带很轻便。

仓颉将他造的这些象形字刻在龟甲上献给黄帝，黄帝非常高兴，立即召集九州酋长，让仓颉把这些造的字传授给他们。于是，这些象形字便开始使用起来。为了纪念仓颉造字之功，后人把今河南郑州新郑市城南原仓颉造字的地方称作“凤凰衔书台”，宋朝时还在那里建了一座庙，取名“凤台寺”。

从那时起，华夏大地就有了早期的文字，后来又经过一系列演变而成为我们现在所使用的汉字。

大禹治水

很久以前，中华大地的部落首领是尧。那时，每年雨季，洪水都会泛滥。洪水淹没了庄稼，淹没了山陵，淹没了百姓的房屋，百姓有的被洪水卷走，有的活了下来。活下来的人无奈离乡背井。

尧很着急，下决心要消灭水患，于是他开始访求能治理洪水的人。很多人都推举鲧，说他很能干。尧就将治水的任务交给了鲧。

直到舜开始管理朝政，他碰到的首要问题还是治水。此时鲧治水已经九年了，但没有任何成效，舜就革去了鲧的职务，将他流放到羽山。

舜又来征求大臣们的意见，看谁能治理洪水。大臣们都推荐鲧的儿子禹，他们说："禹虽然是鲧的儿了，但是比他的父亲强多了。禹为人谦逊，做事认真，这些年一直跟随他父亲，

积累了很多治水的经验与办法。”舜并不因为禹是鲧的儿子而轻视他，就把治水的重任交给了禹。

禹实在是一个贤良的人，他并不因为舜处罚了他的父亲就记恨在心，而是欣然接受了这一任务。他暗暗下定决心：“我的父亲因为没有治好水而被流放，我一定要努力治水，造福百姓！”

他知道，这是一项非常艰巨的任务，必须下更大的力气，想更好的办法才能完成。舜又派伯益和后稷两位能臣和禹一起治水，让他俩协助禹的工作。

当时，禹刚结婚不久，他的妻子涂山氏是一位识大体的贤惠女子，积极支持丈夫治水。禹告别了妻子、家人，踏上了治水的征程。

禹带领伯益、后稷和一批助手，跋山涉水，风餐露宿，走遍了当时中原大地的山山水水。因为自己的父亲没有完成治水的大业，而无数人民还一直在洪水中挣扎，禹治水的决心和信心更加坚定了。

大禹左手拿着准绳（测定平直的器具），右手拿着规矩（画圆形和方形的两种工具），不停地测量计算。他吸取了父亲通过堵截来治水而失败的教训，发明了一种疏导治水的新方法，通过开沟挖渠，疏通水道，使洪水能够顺利地东流入海。这样洪水就不会四处泛滥。禹每到一个地方，就要发动百姓施工，他和百姓一起劳动，吃在一起，睡在一起，挖山掘石，披星戴月，没日没夜地干。

禹为了治水，曾经三次经过自己家，却没有时间进门和家人团聚。第一次，禹治水路过自己的家，听到小孩儿的哭声，有人告诉他，他的妻子涂山氏已生下他们的儿子。禹多么想回去亲眼看一看自己的妻子和孩子呀！但是他一想到治水任务艰巨，只好向家中茅屋看了一眼，赶紧继续前行。

禹根据山川地理情况，将天下分为九个州：冀州、青州、徐州、兖州、扬州、梁州、豫州、雍州、荆州。他的治水方法是把整个中原地带当作一个整体来治理，他先治理九州的土地，该疏通的疏通，该平整的平整，使得大量的地方变成肥沃的田地。

禹又开始治理山。经他治理的山有岐山、荆山、雷首山、太岳山、太行山、王屋山、常山、砥柱山、碣石山、太华山、大别山等，治理山就是疏通水道，使得水能够向同一个方向流去，不至于让山堵塞水路。然后他又开始理通水脉，长江以北的大多数河流都留下了他治理过的痕迹。

就这样，禹花了十三年时间终于治理了洪水。咆哮的洪水失去了往日的凶恶，乖乖地向东流去，昔日被淹没的山陵露出了真容，农田变成了粮仓，百姓又能筑室而居，过上富足幸福的生活。舜也将部落首领之位让给了禹。

后来，人们为了纪念禹的功绩，为他修庙筑殿，尊他为“禹神”，也尊称他为“大禹”。大禹治水的故事也世代流传。

沉香劈山救母

华山的西峰顶上，有一块十多丈长的巨石被齐刷刷地截成了三截儿。巨石旁边插着一把七尺高、三百多斤重的月牙儿铁斧。相传，这就是当年沉香劈山救母的地方。巨石叫“斧劈石”，铁斧叫“开山斧”。

相传很久以前，有个书生叫刘向，字彦昌。刘向上京赶考时，顺道登华山一游。华山上有一座神庙，庙里供奉的华岳三娘是一位美丽善良的仙女，自从被王母娘娘派遣到华山后，一直过着孤独寂寞的生活。这天，她正独自在庙中边唱边舞，消磨时光，突然发现一位书生跨进了庙门。三娘急忙登上莲花宝座，化为一尊塑像。走进大殿的刘向，看到三娘形象俊丽、温婉，被深深吸引住了，心想：“要是能娶她做妻子该多好哇！”可惜这是一尊没有情感知觉的雕像。刘向怀着深深的遗憾取出笔墨，在墙上提笔赋（fù 写，做）诗一首，表达了他对三娘的爱慕之情。

三娘默默地看着这一切，百感交集。面前这个书生英俊倜傥，文采斐然（fěi rán 有文采的样子），又对自己满怀深情，而自己又何尝不对他一见钟情呢？可是，他们两人一个是上界仙女，一个是下方凡人，又怎能缔结姻缘呢？目送惆怅（chóu chàng 伤感，愁闷）离去的刘向，三娘也恋恋不舍。思前想后，三娘决定勇敢追求自己的爱情，不顾天规禁令，要与刘向结为夫妻。于是，三娘便化成一个民间女子，在街头寻到刘向，向他诉说真情。二人由此结为伉俪（kàng lì 夫妻），生活在华山。

眼看刘向考期将近，三娘已有孕在身，依依惜别之时，刘向赠给三娘一块祖传沉香，说日后生子可取名“沉香”。二人十里相送，难舍难分。

刘向在京城一举中榜，被任命为扬州府巡按，就在他走马上任之时，华岳三娘却遭难了。原来，王母娘娘生日这天，天宫大办蟠（pán）桃会，各路神仙均来赴会祝寿，可是三娘有孕在身，便推说自己染病而留在华山。当然，这一切没有瞒住天宫的神仙。三娘的哥哥二郎神勃然大怒，责怪妹妹私嫁凡人，触犯天条律令，要捉她上天庭受罚。三娘毫不畏惧，她随身带有王母娘娘赠送的宝物——宝莲灯。宝莲灯是三娘的镇山之宝，无论哪路妖魔、哪方神仙，只要看到宝莲灯大放异彩，都会被震慑而束手就擒。

二郎神自知不敌宝莲灯的神力，就让自己的哮天犬趁三娘

休息之际，偷走宝莲灯，这才将三娘制服，并将她压在华山下的黑云洞中。三娘在洞中生下了儿子沉香，她恳求夜叉将儿子送到在扬州府做官的刘向身边。

沉香在父亲身边长大，渐渐懂事了，知道母亲被二郎神压在华山下，就一心想救出母亲。然而父亲刘向只是一介书生，只有摇头叹气，根本无能为力。

沉香决定独自去救母亲。他历尽千辛万苦，终于来到了华山。可是母亲在哪里呢？这个只有八岁的孩子不知所措，放声大哭。沉香痛苦伤心的哭喊声在空谷中回荡，惊动了路过此地的霹雳（pī lì）大仙。好心的大仙问明情由后，为善良的三娘和受苦的孩子鸣不平，可是他也无可奈何，于是他将沉香带回。沉香在大仙的指点下，刻苦学习，渐渐学会了百般武艺、七十二变。在十六岁生日那天，沉香向师父辞行，要去华山救母。大仙称他有志气，并赠给他一柄萱（xuān）花开山神斧。

沉香腾云驾雾，来到华山黑云洞前。他大声呼唤娘亲，声音穿透重重岩层，传入三娘耳中。三娘不由得心情激动，泪流满面。她知道儿子已经长大成人，来救自己，就大声呼唤儿子。沉香终于见到了压在华山下的母亲，母子俩悲喜交加，感天动地。

三娘自知哥哥二郎神神通广大，当年大闹天宫的孙悟空也曾败在他手中，沉香年幼，况且二郎神还盗走了宝莲灯，儿子哪里是他的对手？所以，三娘叫沉香不要硬拼，去向舅舅求情，要回宝莲灯，就能救出自己。

沉香飞身来到二郎庙，向舅舅苦苦哀求。谁知二郎神铁石心肠，不但不肯放出三娘，反而舞起三尖两刃刀，要向沉香下手。沉香怒不可遏，觉得二郎神无情无义，还欺人太甚，便抡起神斧与他打斗。两人云里雾里，刀来斧往，山里水里，变龙变鱼，从天上杀到地上，再从人间杀回天宫，直杀得山摇地动，翻江倒海，天昏地暗。他们的打斗惊动了太白金星，他派了四位大仙去看个究竟。大仙在云端里看了一阵，觉得二郎神身为舅舅，如此凶狠地对待一个孩子，太绝情了。于是他们一起暗中帮助沉香。沉香越斗越勇，越战越神，二郎神再也招架不住，只得落荒而逃，宝莲灯也被沉香取回。

沉香带着宝莲灯飞回华山，用它照亮了四周。沉香举起萱花开山神斧，奋力猛劈。只听得“轰隆隆”一声巨响，地动山摇，华山裂开了。

沉香救出了母亲。整整十六年，受尽了苦难的三娘终于重见天日，她与儿子紧紧地抱在一起，百感交集，泪流满面。

后来，二郎神也被沉香的孝心感动，和三娘、沉香相认，沉香还被玉帝敕（chì）封了仙职。

沉香劈山救母的故事永远在民间流传。

吴刚伐桂

很久以前，咸宁这个地方发生了一场瘟疫（wēn yì 指流行性急性传染病），很多人都被传染了，却没有办法治愈，疫情也没有得到控制。

有一个小伙子叫吴刚，他母亲也被传染了，吴刚很孝顺，不忍心看着母亲受苦，就决定上山采药救母。

这天，观音菩萨东游归来，恰好路过咸宁，见此地瘟疫流行，有个小伙子在峭壁上采药。她深受感动，便想普度众生，帮助咸宁百姓。观音在晚上托梦告诉吴刚：月宫中有一种桂花树，树上开着金黄色小花，用桂花泡水喝可以治瘟疫。但只有在八月十五这天登上挂榜山，才有天梯可以入月宫采摘桂花。

这天是八月十二，还有三天就是八月十五了。

时间不等人，过了八月十五就错过了上天梯的机会。观音菩萨还告诉吴刚：到挂榜山顶要过七道深涧，上七处绝壁悬岩，一般人需要七天七夜。

吴刚为了救母亲，就按照观音菩萨的指点，马上出发。他历经千辛万苦，终于在八月十五夜登上了挂榜山山顶，赶上了通向月宫的天梯。

吴刚顺着香气来到桂花树下，看着满树金灿灿的桂花，他非常开心。他拼命地摘呀摘，总想多摘一点带回去救母亲和乡亲。

可摘多了他带不走，于是他想了一个办法。他摇动桂花树，让桂花纷纷飘落，掉到了人间的河里。顿时，河面清香扑鼻，河水被染成了金黄色。人们喝了这河水，疫病全都好了。

八月十五晚上，也是天宫的神仙们集会的日子，这时桂花的香气惊动了神仙们，玉帝派人调查。差官到月宫一看，见月宫神树桂花树上的桂花全没有了，都落到人间去了，就报告给了玉帝。玉帝一听大怒，派人将吴刚抓来。

吴刚被抓来后，把摘桂花救人的事一五一十（形容叙述时清楚有序而无遗漏）地对玉帝说了。玉帝感念吴刚的孝心，决定放他一条生路。可吴刚毕竟是犯了天规，得受惩罚。

玉帝问吴刚还有什么要求，吴刚说他想把桂花树带到人间去救苦救难。玉帝说："只要你把桂花树砍倒，你就可以将其带回人间。"

吴刚赶紧找了柄大斧砍起来，他想快点砍倒大树。

谁知，这月宫中的桂花树砍一斧长一点，吴刚长年累月地砍，砍了几千年，桂花树也长了几千年。吴刚见树砍不倒，可思乡心切，于是在每年的中秋之夜都丢下一枝桂花到家乡，以寄托思乡之情。

年复一年，家乡的山上都长满了桂花树，乡亲们就用桂花泡茶喝，咸宁再也没有了瘟疫。

牛郎织女的故事

天上的星星很多，而且每颗星星都有自己的名字。其中的织女星和牵牛星不但有特别的名字，还有一个美丽的神话故事。

传说很久以前，玉皇大帝和王母娘娘管理着天庭，天庭的生活无比美好，他们的女儿都是仙女，非常漂亮。然而天庭虽好，却没有自由。这里的任何事情都逃不过玉皇大帝和王母娘娘的眼睛，任何事情都得经过他们的同意。仙女们听说人间自由美好，就非常向往人间。

有个仙女喜欢上了一个叫牵牛的神仙，他们情投意合，心心相印。这件事被王母娘娘知道了，她非常生气，便将这个牵牛贬下凡间做了一个放牛娃，还惩罚自己的女儿要不停地工作。这个仙女就是织女，她要每天不停地用一种神奇的丝在织布机上织出美丽的云彩，还要随着时间和季节的变化而变化。

自从那个牵牛被贬下凡间后，织女常常愁眉不展，她非常思念牵牛。她坐在织机旁不停地织，希望博得王母娘娘的欢心，让牵牛早日返回天宫。

一天，几个仙女向王母娘娘恳求去人间碧莲池一游，王母娘娘答应了她们。仙女们见织女终日苦闷，便一起向王母娘娘求情让织女一同前往，王母娘娘也心疼受罚的女儿，同意了她们的请求，要她们速去速归。

话说牵牛被贬到人间后，生在一个农家，取名牛郎，父母早早去世，牛郎便跟着哥哥嫂嫂过日子。哥哥嫂嫂待牛郎非常刻薄，牛郎长大后，哥哥只给他一头老牛和一辆破车，就这样分了家。

从此，牛郎和这头老牛相依为命，他们在荒地上耕田种地，盖房造屋。两年后，牛郎就有了自己的家，有茅草屋住，有粮食吃。可是，家里除了那头不会说话的老牛以外，只有他一个人啊！

这天，老牛突然开口说话了，它对牛郎说："牛郎，今天你去碧莲池一趟，那儿有仙女在洗澡，你把那件红色的仙衣藏起来，穿红仙衣的仙女就会成为你的妻子！"

牛郎见老牛能说话，又惊又喜，便问道："牛大哥，你说的是真的吗？"老牛点了点头。原来这头牛是天上的金牛星，因为替牵牛和织女求情，被玉皇大帝贬到了人间。

牛郎按照老牛所说的，悄悄地躲在碧莲池旁的芦苇里，等候仙女们的来临。不一会儿，仙女们果然翩然而至，脱下轻罗衣裳，纵身跃入水中嬉戏。牛郎便从芦苇里跑出来，拿走了红色的仙衣。

仙女们见有人来了，忙乱中纷纷穿上自己的衣裳，像鸟一般地飞走了。只剩下没有衣服无法逃走的仙女，正是织女。织女见自己的仙衣被一个小伙子抢走，又羞又急，蹲在地上哭了起来。这时，牛郎走上前来，对她说："你不要哭，我不是坏人，你要是答应做我的妻子，我就还给你衣裳！"织女抬头一看，发现站在眼前的人正是自己日思夜想的牵牛，便羞答答地答应了。这样，织女便做了牛郎的妻子。

牛郎和织女结婚以后，牛郎在外耕田种地，织女在家纺线织布，他们相亲相爱，过得非常幸福。不久，他们的孩子相继出生了，一儿一女，十分可爱。一家四口日子过得其乐融融，牛郎织女以为他们可以就这样终身相守，白头到老。

可是，有一天，织女正在做饭，去地里干活儿的牛郎匆匆回来，神色凝重地对织女说："牛大哥死了，它临死前说，要我在它死后，将它的皮剥下来放好，有朝一日，披上它，就可飞上天！"

织女一听，心中纳闷儿，因为她知道，老牛就是天上的金牛星，它怎么会突然死去呢？织女便让牛郎遵从老牛的吩咐，然后好好地埋葬了老牛。

话说王母娘娘发现织女没有回来，勃然大怒，马上派天

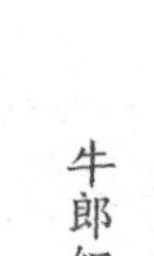

神去捉拿织女。这天，织女正在给两个孩子做饭，突然狂风大作，天兵天将拉起织女便飞上了天，留下一对儿女大声哭喊，不停地叫“妈妈”。织女不停地挣扎，大声喊叫：“放开我，我的孩子！”织女飞出来老远，好像还能听到孩子叫妈妈的声音。

眼看快到天宫了，织女真切地听到了孩子的叫声，她回头一看，只见牛郎用一对箩筐挑着一对儿女，披着牛皮赶来了。他们之间的距离越来越近了，织女已经可以看清儿女们可爱的模样了，牛郎和织女一家就要重逢了。

正在这时，王母娘娘驾着祥云赶来了，她拔下头上的金簪，往牛郎织女中间一划。霎时间，一条波涛滚滚的天河横在了织女和牛郎之间，牛郎再也追不上织女了。

织女望着天河对岸的牛郎和儿女哭个不停，牛郎和孩子也哭得死去活来。他们的哭声，孩子们一声声“妈妈”的喊声，撕心裂肺，催人泪下，就连在旁观望的仙女、天神们都觉得心酸难过，于心不忍。

牛郎不甘心这样和织女分离，就领着他的一双儿女用瓢不停地舀天河里的水，发誓要舀干这水。王母娘娘见此情景，既担心他们真的舀干了天河里的水，也被牛郎织女的坚贞爱情感动，便同意让牛郎和孩子们留在天上，每年农历七月初七这天，让他们一家相会一次。

从此，牛郎和织女隔天河相望。在秋夜繁星满天时，我们还可以看见银河两边有两颗较大的星星，晶莹地闪烁着，那便是织女星和牵牛星。和牵牛星在一起的还有两颗小星星，那就是牛郎织女的两个孩子。

牛郎织女相会的那天终于到了，成群的喜鹊飞来为他们搭桥。鹊桥之上，牛郎织女一家团聚了！织女和牛郎深情相对，抱着他们的儿女，有无数的话儿要说，有无尽的情意要倾诉！

后来，每到牛郎织女鹊桥相会的日子，人间的姑娘们就会来到花前月下，抬头仰望星空，希望能看到牛郎织女一年一度的相会，乞求上天能让自己像织女那样心灵手巧，祈祷自己能有个如意郎君，得到美好的爱情和美满的婚姻。这便是“七夕节”的由来。

巫山神女

瑶姬是王母娘娘的第二十三个女儿，她心地纯洁，美丽可爱。王母娘娘特别疼爱她，把她当成掌上明珠。可是，瑶姬偏偏人小心大，多思好动，就像云中的雁，关不住。她常常偷偷溜出门，到瑶池旁去看荷花，攀上蟠桃树去摘桃子，有时候，还偷偷在天河里洗澡。

一天，王母娘娘来南天门散心，恰好碰上瑶姬正拨开白云朝人间看。王母娘娘一见，大发雷霆，说："天上任你玩，也就算了，怎么看起下界来？再看把你关起来！"

瑶姬不明白王母娘娘为什么要动怒，她说："下界不好吗？到底是什么样子？为什么不能看？我还想下去走走呢！"

王母娘娘见她动了邪念，更火了，大声喝道："不要胡思乱想，快回宫去！"

瑶姬从没见过王母娘娘发这么大脾气，既感到委屈，又不服气，她横下心，要往白云下边跳。王母娘娘急忙伸手把她拉住说：“下界苦海无边，你是金枝玉叶，千万不要下去！”

王母娘娘越是反对，瑶姬越觉得好奇。她坐在云头上，朝下细看，果然看见人间大多是茅草屋，人们穿的大多是破衣烂衫。瑶姬叹气说：“人间真苦啊！”

王母娘娘一听，暗暗高兴，就说：“还是天上好，有吃不完的山珍海味，穿不完的绫罗绸缎……”

王母娘娘越说，瑶姬反而越觉得不舒服。瑶姬拿定了主意要到下界去看看。王母娘娘为了让瑶姬安心做神仙，说道：“男大当娶，女大当嫁，不妨给你找个女婿。”

瑶姬一听王母娘娘有此打算，一气之下，离开天宫，直奔人间而去。

瑶姬来到了巫山下，遇上很多人，他们拄着棍子，提着篮子，扶着老的，背着小的，哭哭啼啼，正往外逃。瑶姬正想上前打听，忽见天空乌云滚滚，有十二条孽（niè）龙正在兴风作浪。它们一瞪眼，就是一道闪电，使人吓破了胆；它们一声吼叫，就是一声炸雷，使房倒屋塌，村庄成了废墟；它们翻一个身，就是一阵大暴雨，使山洪暴发，田地淹没。瑶姬看着这一切，心想：“这不都是东海龙王的龙子龙孙吗？它们怎么能这样猖狂（chāng kuáng 狂妄而放肆），坑害百姓呢？”

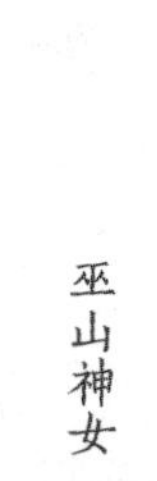

善良的瑶姬不忍心看着百姓遭殃，就从头上拔下玉簪，朝着十二条孽龙一挥，一道亮光闪过，立刻风停雨住，云散天

晴。十二条孽龙坠到地上，死了。

然而死去的恶龙竟然又变成了十二座高山，挡住了东去的江水，巫山瞬间成了一片汪洋。百姓无路可走，眼看要被活活淹死。瑶姬看到这里，决定留下来帮助这里的百姓。

此时，大禹正在治水，瑶姬知道了，便教他造车、运土。大禹在瑶姬的帮助下，带领百姓凿山开石，疏通峡道，辛苦几年后，洪水向东奔流而去，从此巫山的水患解除了。百姓们对瑶姬顶礼膜拜，感激不尽。

瑶姬再也不愿回天宫。她整日在巫山群峰之间奔波，为行船的老百姓指引方向，为打柴的樵夫驱赶虎豹，为种地的农民及时降雨。

王母娘娘知道瑶姬来到人间并杀死了十二条孽龙，还留在了荒山野谷，很是心疼。于是，王母娘娘对天上的二十二个女儿说："我很想念小女瑶姬，你们快去人间把她找回来吧！"

二十二个仙女便乘云驾雾来到巫山，找到瑶姬。姐妹们久别重逢，又是喜，又是悲，个个都成了泪人儿。姐姐们对瑶姬说："母亲想念妹妹，想得心儿都快碎了，你还是和我们一起回去吧。"

瑶姬说："女儿也想念母亲，但我就是不能回去，我要照顾受苦的百姓。"

姐姐们说："人往高处走，水向低处流！你怎么不爱天宫，偏要待在这荒山野谷里呢？"

“姐姐，你们看，人间百姓在受苦，我能忍心走开不管吗？” 瑶姬一边说，一边指着远处。只见那边山坡上，有只老虎正在追人，眼看就要追上了。瑶姬赶紧弯腰抓把泥沙撒过去。泥沙变成了利箭，把老虎射死了。看到这里，瑶姬的姐姐们好像理解了瑶姬，便不再劝瑶姬回去了。

一会儿，有人上山来采药。瑶姬马上从头上拔下几根头发，撒在他的面前，头发立刻变成了起死回生的灵芝草，那人看到灵芝高兴地采走了，如获至宝。

一会儿，江里过来一艘船，纤夫的腰都快累弯了。瑶姬急忙朝西吹了口气，立时刮起了顺帆风，那船就飞驰起来。看到这里，姐姐们都点了点头。

姐姐们觉得她们也应该帮助百姓，有人愿意留下来陪瑶姬，也有人不想离开天宫，要回去。瑶姬数了数留下来的，加上自己总共是十二个，分别是翠屏、朝云、松峦、集仙、聚鹤、净坛、上升、起云、飞凤、圣泉、登龙和瑶姬自己。后来，她们便变成了巫山十二峰。

紧临着长江，耸入蓝天的是望霞峰，又叫神女峰。透过缭绕的烟云，可以看到那峰顶上有一个俊秀美丽的影子，若隐若现，像石头又像人，在天上又似在人间，那就是神女瑶姬。

鸡冠山的故事

在河北承德避暑山庄的正前门，有一座神奇的红照壁（大门内外对着大门做屏蔽用的墙壁）。据说，人们在照壁前跺跺脚，然后将耳朵贴在墙上，就能听见墙壁里有“咕咕咕”的鸡叫声。早晚安静的时候，这叫声就更真切，相距十步也能听见。红照壁里怎么会有鸡叫声呢？当地人说这是鸡冠山的金鸡在里面叫呢！

鸡冠山，在避暑山庄东南二十公里处，远望整个山岭好像金鸡的身体，山顶之上，五根粗大的红色岩柱一字排开，参差而立，构成了鸡冠的雄姿。

说起鸡冠山，有一个神奇的传说。很多年前，鸡冠山下住着一位老汉，每天晚上他都听见后山上有“咕咕咕”的鸡叫声，可是一到白天却怎么也看不见有鸡出现。

老汉感到非常奇怪。一天晚上，在明亮的月光下，他顺着鸡叫的声音摸索着向前寻去，突然在一个小山洞前，发现一只黄灿灿的老母鸡领着一群金黄的小鸡在欢快地寻找食物。

老汉看到这群可爱的鸡，十分高兴。他也不去惊动它们，每天把省下来的小米撒在山洞前，供鸡食用。天长日久，这群鸡就和老汉成了朋友。

一天，老汉家来了一位客人住在他家。此时，官府下达命令，要老汉到热河给皇帝修建行宫，老汉临走前便把喂鸡的事委托给客人，并嘱咐客人不要惊动那群金鸡。

谁知这位客人是个贪得无厌的小人。当他给鸡送米的时候，发现这群鸡不是普通的鸡，而是一群金鸡。他看到这么好的发财机会，贪念顿起，把老汉叮嘱的话忘得一干二净。

晚上，他偷偷地躲在山洞旁边，当母鸡领着小鸡出洞寻找食物时，他猛地扑向老母鸡。小鸡一惊，赶快跑回洞内，只有母鸡来不及回洞，就一口气跑到了热河行宫。老汉正在砌垒正门前的红照壁，忽然看见母鸡惊惶飞来，知道它一定遇到了不幸，就立即把老母鸡保护起来。

客人追来，见到老汉，非常惭愧，赶紧逃离此地，从此杳无音信。

金鸡为了报答老汉，就待在红照壁内再也没有回去，“咕咕”叫着陪伴老汉，与老汉砌墙、雕砖、打石的声音相呼应。

现在，许多国内外的游客到避暑山庄游览时，总想听听红照壁中金鸡的叫声。至于鸡冠山的那个石洞，人们就称它为“金鸡窝”。

在鸡冠山南侧和东北侧的山谷中，各有一根六十多米高的淡红色石柱，人们说那是鸡腿。巨大的身躯，鲜红的鸡冠，两条坚实笔直的鸡腿，金鸡的形象活灵活现地展现在人们面前。

每当明月高照，鸡冠山的影子便会清晰地映在山下二十里外的山庄田野之上，从而构成一幅“鸡冠挂月三千丈”的雄伟壮丽的画面，给人以丰富的想象空间。

鲤鱼跳龙门

很久很久以前，龙门山很高很大，它和吕梁山的山脉连接着，正好挡住了黄河的去路，使黄河水流到这里就过不去了，只好回头往上流。水神趁势兴波逐浪，造成洪水泛滥，把上游的孟门山都淹没了。大禹治水时，用他的神力把龙门山一劈为二，使它分跨在黄河的两岸，就像两扇门，让河水从悬崖峭壁间奔流而下。因此大禹将这个地方取名叫“龙门”。

住在黄河里的鲤鱼听说龙门风光好，都想去观光。它们从黄河的孟门山附近出发，来到龙门下，但见这里悬崖峭壁，水流湍急，只好聚在龙门的北山脚下，不知道怎么办。

“我有个主意，咱们跳过这龙门怎么样？”一条大红鲤鱼对大家说。

“那么高，怎么跳哇？”

“跳不好会摔死的！”

伙伴们七嘴八舌拿不定主意。大红鲤鱼便自告奋勇说："我试一试，我先跳！"只见它从半里外就使出全身力气，像离弦的箭，纵身一跃，一下子跳到空中的云彩里。一团天火从它身后追来，烧掉了它的尾巴。它忍着疼痛，继续朝前飞跃，终于越过龙门，落到山南的湖水中。一眨眼这条鲤鱼竟然变成了一条巨龙。山北的鲤鱼们见此大红鲤鱼跳得那么高，高到云彩里去了，一个个吓得缩在一起，不敢去冒险了。

这时，忽见天上降下一条巨龙，大声说："不要怕，我就是你们的伙伴大红鲤鱼，因为我跳过了龙门，就变成了龙，你们也要勇敢地跳哇！"鲤鱼们听了这话，受到鼓舞，开始一个挨一个地跳龙门。

可是，除了个别的鲤鱼跳过去化为龙以外，大多数都没有跳过去。凡是没有跳过去而从空中摔下来的，额头上就落了一个黑疤。直到今天，这个黑疤还长在黄河鲤鱼的额头上呢！

后来，唐朝大诗人李白专门为此写了一首诗："黄河二尺鲤，本在孟津居。点额不成龙，归来伴凡鱼。"人们用"鲤鱼跳龙门"比喻考试成功、飞黄腾达，也比喻逆流前进、奋发向上。

猎人海力布

在内蒙古自治区，流传着一个动人的故事。

从前有一个人，名叫海力布，因为他靠打猎为生，大家都叫他猎人海力布。他很乐于助人，打来猎物从不独自享用，总是分给大家，因此，海力布很受大家的尊敬。

一天，海力布到深山去打猎，在密林的旁边看见一条小白蛇盘睡在树下。他放轻脚步绕过去，不去惊动它。正在这时，忽然从头上飞过来一只灰鹤，“嗖”的一声俯冲下来，用爪子抓住了盘睡的小白蛇，又腾空飞去。

小白蛇惊醒后，尖叫：“救命！救命！”海力布急忙拉弓搭箭，对准沿山峰飞升的灰鹤射去。灰鹤一闪，丢下了小白蛇就逃跑了。海力布对小白蛇说：“可怜的小东西，快回去找你的爸爸妈妈吧！”小白蛇向海力布点了点头，就隐到草丛里去了。海力布也收拾好弓箭回家了。

第二天，海力布路过救了小蛇的地方，看见一条小白蛇，后面跟着一群蛇。海力布觉得奇怪，想绕道过去。那条小白蛇却向他说："救命的恩人，您还好吗？您可能不认得我，我是龙王的女儿。昨天您救了我的性命，爸爸妈妈今天特地叫我来接您，请您到我们家去一趟，爸爸妈妈要当面感谢您！"接着小白蛇又说："您到我家里后，我爸爸妈妈给您什么您都别要，只要我爸爸嘴里含着的宝石。您得到那块宝石，把它含在嘴里，就能听懂世上各种动物的话了。但是，您所听到的话，只能自己知道，可不要向别人说，如果向别人说了，那么您就会从头到脚慢慢变成僵硬的石头死去！”

海力布听了，一面点头，一面跟着小白蛇到深谷里去。他越走越冷，走到一个石洞前，老龙王已经迎上前来，恭敬地说：“您救了我的爱女，我感谢您！这是我聚藏珍宝的仓库，我带您进去看看，您愿意要什么，就拿什么，请不要客气！”说着，他把石洞门打开，引海力布进屋。只见屋里全是珍珠宝石，琳琅满目。老龙王引着海力布看完这里又走到那里，就这样一连走了一百零八个宝库，但是海力布却没有看中一件宝贝。老龙王难为情地问海力布：“我的恩人！我这些宝库里的宝物，您一个也不稀罕吗？”

海力布说：“这些宝物虽然很好，但只可以用来作为美丽的装饰品，对我们打猎的人来说，没有什么用处。如果大王真想给我一点东西作纪念，就请把您嘴里含的那块宝石给我！”龙王听了这话，低头沉思了一会儿，忍痛把嘴里含的那块宝石吐了出来，递给海力布。

海力布得到了宝石，辞别龙王出来。小白蛇又跟着出来，再三叮嘱他说：“有了这块宝石，您什么都可以知道。但是您所知道的一切，一定不许向别人说。如果说了，那您就会有危险。您可千万要记住啊！”

从此，海力布在山中打猎更方便了。他能听懂鸟雀和野兽的语言，隔着大山有什么动物他都能知道。这样过了几年，有一天，海力布在山里打猎，忽然听见一群飞鸟议论说：“我们快到别处去吧！这里的大山就要崩裂了，洪水涌出时，不知要淹死多少野兽哩！”

海力布听到了这个消息，心里很着急，他没有心思再打猎了，赶紧跑回家，向大家说：“我们赶快搬家吧！这个地方住不得了！谁要不相信，将来后悔就来不及了！”

大家听了他的话都觉得很奇怪，根本不理他，有的人认为海力布发疯了，在说胡话。海力布急得掉下眼泪说：“大家难道想让我死了，才相信我的话吗？”

几位年长的人问海力布：“你从来不说谎话，这是我们大家都知道的。可是你现在突然这样说，到底是为什么呢？”

海力布想：“灾难就要来了，如果我只顾自己，让大家白白等死，这能行吗？我宁肯牺牲自己，也要救大家！”于是，他把如何得到宝石，如何利用宝石打猎，今天又如何听见一群飞鸟议论逃难的情形，以及为什么不能把听来的事情告诉别人等都照实说了。海力布边说边变，渐渐变成了一块僵硬的石头。

大家看见海力布变成了石头，悲痛地赶着牛羊马群，往很远的地方逃离。这时，阴云密布，大雨已经下起来了。半夜里，在轰隆隆的雷声中，忽然听见一声震天动地的响声，霎时间山崩水涌，洪水滔滔，他们的家乡顷刻间被淹没了。人们都伤心地说：“海力布是为救大家而牺牲的，否则被洪水淹死的就是我们了！”

后来等洪水退去，大家找到了海力布变的那块石头，把它安放在一个山顶上，让子子孙孙都来纪念这个牺牲自己保全大家的大英雄。

孔雀公主

很久以前，在傣族聚居的地方，有一个勐（měng）板扎国，那里有一位英俊的王子叫召树屯。

有一天，王子去森林里打猎，看到一条金龙被一只秃鹰抓在空中。善良的召树屯听到金龙的呼救，于是搭弓射箭，射伤了秃鹰，拯救了金龙。

原来，金龙是金湖的龙王。为了答谢召树屯的救命之恩，龙王送给召树屯三支金箭，并且告诉他，如果有事，可以用这三支金箭来向自己求救。

告别金龙，年轻英俊的召树屯回到了勐板扎国。王子回来的消息像长了翅膀一样传遍国都，未嫁的姑娘们羞红了脸，她们都想成为召树屯王子的妻子。

国王把选亲的任务交给了巫师。这个巫师就是那只被召树屯射伤的秃鹰变的，因为怀恨在心，他就变作巫师潜入皇宫，准备找个时机报复召树屯。大臣们找到巫师，献出了大笔的财富，期望让自己的女儿成为王子的妻子。

不愿意受人摆布的召树屯在一个漆黑的夜晚，骑着马离开了国都，去找他的朋友岩坎。

召树屯找到岩坎，他们一起聊天，一起打猎。一天，二人看见一只金鹿，岩坎准备射杀时，金鹿却一分为二，朝着两边分头逃离。召树屯十分惊奇，决定与岩坎分开追赶。金鹿把召树屯引向金湖边。在湖边，召树屯看到了从天上飞来的七位女子，她们身穿孔雀羽衣，婀娜多姿，美丽极了。原来她们是孔雀王国的公主，召树屯和其中最小的喃（nán）诺娜公主一见钟情。

召树屯用第一支金箭找来龙王。在龙王的见证下，召树屯和喃诺娜公主结成良缘。

当召树屯带着美丽的喃诺娜回到勐板扎国时，百姓们都很喜欢这个美丽的孔雀公主。可是国王却很生气，因为召树屯不但逃跑了，还带回一个来历不明的妻子。

对召树屯怀有仇恨的巫师趁机制造矛盾，挑起了勐板扎国与邻国的战争，迫使召树屯率兵出征。巫师还将战争的起因嫁祸给喃诺娜，说她是魔鬼变的，给国家带来了战争和灾难。巫师要国王用喃诺娜的血祭奠神灵，以此祈求战争胜利。

国王听信了巫师的话，派人把喃诺娜绑了起来，要杀了她。这时，空中飞来一件孔雀羽衣，披在喃诺娜身上，她便飞走了。

召树屯胜利归来，发现喃诺娜不见了，他非常伤心，发誓一定要找到喃诺娜。

召树屯用第二支金箭找来龙王。龙王告诉召树屯，孔雀王国在非常遥远的地方，中途险路无数。召树屯说他不怕，然后毅然上路。

一路上巫师为召树屯设置了无数陷阱，可是召树屯的勇敢和坚强感动了许多神仙，在神仙们的帮助下，召树屯终于找到了喃诺娜。召树屯对喃诺娜的忠贞爱情打动了喃诺娜，她跟随召树屯又回到了勐板扎国。

召树屯一回到王宫就拔刀走向巫师，巫师化作秃鹰飞走，召树屯一直追到金湖边才用第三支金箭射死了秃鹰。

召树屯回到王宫，百姓们欢聚在宫门前。为了表达对王子和公主的美好祝福，他们跳起了喃诺娜公主教给他们的孔雀舞。

日月潭的传说

日月潭是我国台湾省最大的湖泊。那里青山环抱，树木葱茏，是著名的风景区。

关于日月潭有一个美丽的神话故事。

在很久很久以前，有两条恶龙吞掉了太阳和月亮，天地间顿时漆黑一团。

人们为了降伏（xiáng fú 制伏，使驯服，驯服）恶龙，拯救日月，就聚集在一起想办法。

有人说：“恶龙躲在潭底，只有请到水性特别好的人才能战胜它们！”

还有人说：“恶龙非常凶猛，只有拿到阿里山里的金斧头和金剪刀，才能将它们制服！”

可去哪儿找水性特别好的人呢？怎样才能得到阿里山的金斧头和金剪刀呢？

就在人们一筹莫展的时候，年轻的渔民大尖哥和水社姐挺身而出，他们的水性非常好，愿意去降伏恶龙。

大尖哥和水社姐手拿砍刀，高举火把，来到阿里山。他们翻山越岭，披荆斩棘，历尽千难万险，终于从阿里山的山洞里拿到了金斧头和金剪刀。

他们又跑到潭边，看见两条恶龙正在潭里游来游去，把太阳和月亮吞进吐出。大尖哥和水社姐手拿金斧头和金剪刀，纵身跃入湖中，与两条恶龙展开了激战。只听“轰隆轰隆”“咔嚓咔嚓”的声音，两条恶龙在潭里翻滚起几丈高的浪花，一会儿腾空而起，一会儿又沉到水里。经过三天三夜的搏斗，恶龙终于被大尖哥和水社姐制服了。圆圆的太阳和月亮从恶龙的嘴里吐了出来，慢慢地升上了天空，好明亮啊！

大尖哥和水社姐又累又饿，倒在了地上。他们化作两座青山，守卫在潭水的两边。

人们为了纪念这两位为民造福的年轻英雄，就把这两座山命名为“大尖山”和“水社山”，把这个潭叫作“日月潭”。

蚕神的故事

在北方的荒野上，有三棵并排生长的树。在明亮的月光下，能看到有个容貌姣好（jiāo hǎo 美丽，美好）的姑娘总是半跪着在一棵树上吐丝。一到白天，这个美丽的姑娘就会披着马衣，长着马头，化身为蚕。这个姑娘就是蚕神。

关于蚕神，有一个传说故事。

很久很久以前，有一位父亲外出谋生，很久都没有回家，家里只有一个小女儿和一匹马，女儿喂养着这匹马，照看着家里。

女儿很孤单，非常想念父亲。有一天，她对拴在马厩（mǎ jiù 养马的地方）里的马说："马儿啊，你如果能够把我的父亲接回家，我就做你的妻子！"

谁知那马一听这话，就跳起来，拽（zhuài 拉）断了缰绳，跑出院子，很快就不见了踪影。那匹马不知跑了几天几夜，一直来到了小女孩父亲所在的地方。父亲见是自家的马从几千里外的故乡跑来，又是惊讶，又是欢喜，便抱住马。那马望着它来的方向，伸长脖子，悲鸣不已。父亲心里暗想："马这个样子，莫非我家出了什么事？"便赶紧骑马回了家。

回家后，女儿非常高兴，她告诉父亲，马通人性，马儿知道自己非常想念父亲，独自去把父亲找了回来。父女俩都很高兴，对这匹马更加精心爱护。可是自那以后，每次父亲去喂马，那匹马总是不肯吃草料，但只要一见到那个小女孩，它就神情异常，又鸣又叫。父亲察觉到了，很是奇怪，就问女儿。女儿老老实实地把她曾经对马说的话告诉了父亲。父亲一听，很生气，他说："我的女儿怎么能嫁给一匹马呢？以后不要理它，不要去马厩！"

父亲虽然爱马，可是绝不允许马来做他的女婿。为了防止那匹马长期嘶鸣作怪，他请来弓箭手将马射死，然后剥下马皮晾晒在院子里。

这天，父亲有事出门，小女孩和邻居家的女孩在院子里玩耍。小女孩一看那马皮，就说：“唉，马儿啊，你本来就是个畜生，我喂养你也就罢了，你还想让我做你的妻子，你看现在给剥皮了吧！你这是活该……”

小女孩话还没有说完，那马皮突然跳起来，包裹住小姑娘朝院门外跑去，像风一样旋转着，顷刻间就消失在原野上。邻居家的女孩吓得手足无措，不知道怎样救她，只能等小女孩的父亲回来。

父亲回来，听了邻居家女孩的话，非常惊讶和着急，就和邻居一起到附近寻找，可是全无女孩的踪影。

几天以后，父亲才在一棵大树的枝叶间发现了全身包裹着马皮的女儿。女儿变成了一条虫子，慢慢地摇摆着她那马一样的头，从她的嘴里吐出一条白而亮的长长的细丝，缠绕在树枝的四面。好奇的人们纷纷跑来观看，大家就叫这吐丝的奇怪生物为“蚕”，说她吐出丝来是为了缠住自己，不让自己飞得更远；人们又叫这棵树为“桑”，意思是女孩在这棵树上丧失了年轻的生命。

这就是蚕的起源，这个女孩后来做了蚕神，那马皮一直披在她身上，和她做了永不分离的亲密伴侣。

黄帝的宝珠

在昆仑山上，有一座庄严华美的宫殿，这是黄帝在人间的住所。宫殿在高高的昆仑山山顶上，四周围绕着雪白的玉石栏杆，每一面有九口井、九扇门。进入门内，便是巍峨（wēi é 形容山或建筑物高大雄伟）的帝宫，帝宫是由五座城、十二座楼组合而成的。宫殿最高的地方长着一株大稻子，有三丈五尺长。大稻子的西边有珠树、璇（xuán）树、不死树；东边有沙棠、琅玕（láng gān）树，琅玕树上能生长美玉；南边有绛树；北边有碧树、瑶树。宫殿的大门正对着东方，迎接着旭日的光辉，叫作“开明门”。门前有一只神兽叫“开明兽”，身子有老虎般大，长着九个头，九个头上都各有一张人脸，威风凛凛地站在岗崖上，向着东方，守护着黄帝的宫殿。此外，还有红色的凤凰，专门替黄帝管理宫殿里的用具和衣服。黄帝偶尔来这里住住，了解一下人间的情况。

在离昆仑山不远的一座山上，出产一种柔软的白玉，从这种白玉中能挤出一种洁白光润的玉膏来，黄帝每天就拿它当饭吃。吃不完的玉膏，黄帝就用来浇灌草木，这些被玉膏浇灌的草木，过不了几年就开出了五种颜色的花朵，结出五种味道的鲜美果实。黄帝还把这座山上玉的精华拿去种在钟山的向阳处，后来，钟山也产出了许多致密而有光彩的美玉，于是天地鬼神都把玉膏当作食品了。人若是能够得到这种美玉，把它雕刻成装饰品佩戴在身边，可以防妖辟邪。

黄帝喜欢去昆仑山游玩，有一次，他从赤水边经过，回来的时候不小心把他的那颗最黑最亮的宝珠丢了。

黄帝很着急，马上派了一个绝顶聪明的天神知去寻找。知找了好几遍都没有找到宝珠。黄帝又派那个躺在昆仑山服常树上看守琅玕树的天神离朱去寻找宝珠。离朱虽然长着三个脑袋、六只眼睛，并且每双眼睛都明亮得出奇，可是找了一遍还是没有找到。黄帝只好又派了一个能言善辩的天神契诟（qì gòu）去寻找。但这件工作用不上契诟的辩才，契诟失望而归。黄帝没法子了，只好派那个粗心大意的天神象罔（wǎng）去寻找。

象罔领了旨意，飘飘洒洒，漫不经心地在赤水上走来走去，用他那恍惚的眼睛往周遭一瞧，哈哈，那颗黑亮的宝珠正不声不响地躺在赤水边的草丛里呢！象罔高高兴兴地捡起它，回去交给了黄帝。

黄帝一看粗心大意的天神象罔竟然能找回宝珠，就将这颗心爱的宝珠交由象罔保管。

象罔仍旧像原来一样漫不经心地将宝珠往他的大袖子里一放，每天照样东游西逛。

震蒙氏的女儿聪明伶俐，也很贪玩。有一天，她趁象罔睡着的时候偷偷钻进他的袖子里，把宝珠拿去玩了。

象罔发现黄帝的宝珠不见了，赶紧回去报告了黄帝。黄帝派天神追查此事，然后去追捕震蒙氏的女儿，索要宝珠。

震蒙氏的女儿害怕受罚，便把宝珠吞进肚子，跳进岷江，变作一个马头龙身的怪物，名叫奇相。黄帝一看这样，只好不了了之。

从此以后，奇相就做了岷江的水神。传说大禹治水就是从岷（mín）江开始的，奇相还帮了大禹很大的忙呢！

商星和参星的故事

在秋季的傍晚，西边的天上最早升起的那颗最亮的星就是太白星，又叫金星，在古代也叫商星。而每天早上最后隐没的那颗最亮的星，一般称为启明星，古代叫作参星（shēn xīng）。

关于商星和参星，有一个古老的神话传说。

帝喾（kù）前承炎黄，后启尧舜，奠定了华夏文明的根基，是华夏民族的共同人文始祖，被列为三皇五帝中的第三帝，是上古时期一位著名的部落联盟首领。

据说帝喾有两个儿子，一个叫阏伯（yān bó 也读è bó），一个叫实沈。兄弟俩原本住在一起。小时候，兄弟两人互敬互爱，练就了一身好武艺。谁知长大后，却一个不服另一个，各自逞（chěng）强，互不相让，整天舞枪弄棒，不是你领着人来打我，就是我领着人去追杀你。

这让他们的父亲帝喾很头疼。对父亲来说，这俩孩子手心手背都是肉，哪个也偏袒（piān tǎn，袒护双方中的一方）不了，也不忍心哪个受到伤害。最后帝喾想出了一个好办法，让阏伯搬到商丘，去管理东方的星宿——商星。商星是情人们的星，它象征爱情忠贞不渝。帝喾又让实沈搬到大夏，叫他管理西方的星宿——参星。

兄弟俩一个被封为火神，一个被封为参神；一个成为商地的始祖，一个成为晋地的先人。

阏伯对待自己的事情很认真，他到商丘以后想方设法帮助百姓，深受当地百姓的爱戴。所以人们很尊敬他。在商丘有阏伯台。

两兄弟被分隔开来后，从此永不见面，这才风平浪静，相安无事。

他们管理的两颗星也是东出西没，彼此从不碰面。商星和参星在天空中相距很远，它们此起彼落，永远不会同时出现在天上。唐代诗人杜甫的诗句“人生不相见，动如参与商”，说的就是参星和商星运行的情形。后人形容兄弟不和睦叫“参商”。

火童

相传，在远古时候，有一个妖怪盗走了火种，使哈尼族陷入一片黑暗之中。从此，采来的野果、打来的野兽只能生嚼生吃。屋顶上没有了炊烟，竹楼上没有了灯光。瘟疫肆虐，灾害不断。

人们多么想取回火种啊！可是火种被妖怪盗走了，谁能战胜妖怪取回火种呢？

哈尼族少年明扎（zā）的父亲为了取回火种，已经离家十五年，杳无音讯。

明扎决心继承父志，取回火种。他向村中长老儒玛请教，儒玛说盗走火种的妖怪凶狠无比，住在很远的石门山上，山洞前有镇山的猛虎，还有一个会使魔法的锦鸡。这一切都没有吓退明扎，他还是坚持要取回火种。儒玛见明扎这么坚定，就祈求神明赐给明扎无穷的力量和一把神箭，并告诉明扎，在夜深人静的时候，他可以打开石门山的大门，看到妖怪和被盗的火种。

明扎告别阿妈，告别长老，出发了。在途经热浪遍地的赤水谷时，他帮助了快要干死的老树根，老树根因此为他指明了去石门山的路。明扎还救了山间溪水，在溪水的帮助下，他终于来到了石门山。在山上，明扎看到一只老虎在追逐一只小羚羊，原来这只老虎就是妖怪的镇山虎。明扎毫不畏惧，经过一番较量，镇山虎被明扎的神箭射中，钉在了石门山上。小羚羊得救了，她告诉明扎，自己是天神的女儿，为妖魔所害。明扎帮助小羚羊恢复了少女的模样。

明扎大声地呼唤着自己的阿爸，却没有发现阿爸的身影。镇山虎告诉明扎，他的阿爸被妖怪变成了石头。明扎找到了阿爸的金捉刀，他伤心极了。

在天神女儿的带领下，明扎在夜深人静的时候深入洞底找到妖怪，趁妖怪熟睡时夺回火种，不料却被妖怪抓住。明扎怕妖怪抢走火种，不得已把火种吞下，他的身体立刻变成了一个火球。妖怪被烧死了，明扎却再也不能恢复人形。天神的女儿把火球带回了哈尼族山寨，带回到了明扎的阿妈身边。阿妈伤心极了。

火球让哈尼族人从此又见到了光明。少年明扎给哈尼族人带来了光明，带来了希望。哈尼族人为了纪念明扎，就把火叫作“明扎”。

黄河的传说

传说很久以前，古老的黄河犹如一匹很难驯服的野马，任意奔流，好像一个龇牙咧嘴（zī yá liě zuǐ 形容凶狠的样子）的怪物，日夜怒吼，吞噬（tūn shì）着万顷良田，咬啮（niè）着千万重山。黄河两岸的回、汉人民苦不堪言。

那时候，宁夏还不是一马平川的塞上平原，而是青山重叠，沟壑纵横，没有一块平坦的田地，也没有一块田能灌上黄河水。

牛首山上住着几户回民和汉人，他们祖祖辈辈在山底挑水，在山头种地。一年四季老老小小忙个不停，却吃不饱，穿不暖，天长日久，谁也受不了这种折磨。

有一个七十多岁的回族老汉，名叫尔德，他在山上有个菜园，园里种了黄瓜。他每天起早贪黑，到黄河边去挑水浇黄瓜，肩膀压肿了，脚底磨出茧了，黄瓜才长得又嫩又甜。

这一天，尔德老汉累了，躺在菜园门口睡着了。他刚睡熟，就梦见天空中飘来一朵白云，那白云落在了尔德老汉面前，变成了一个白胡子阿訇（ā hōng 波斯语，意为老师或学者）。阿訇抖动着银色的胡须对尔德老汉说："今天有两场大风，你要注意。中午是一场黄风，能把黄瓜吹蔫；后晌有一场黑风，能使黄瓜蒂落。不管有多大的风，你都不要把黄瓜摘下来。"

尔德老汉醒来一看，白胡子阿訇不见了，却见北面黄风铺天盖地，霎（shà）时刮到牛首山来了。尔德老汉瞅瞅黄瓜，果然一个个都蔫了。他心里非常难过，一年的血汗白费了，可一想起白胡子阿訇的话，就没有管。

到了后晌，一股黑风吹过，吹得山摇地动，树叶落了一层又一层。尔德老汉一看，黄瓜快要落地，他气得摘掉了一个又蔫又小的黄瓜，使劲扔进了黄河。

黄瓜刚被扔进黄河，黄河马上像被刀切过一样，变得很细，细得像一条线，人们能清清楚楚地看到河底。尔德老汉急忙跑下山，他一到河边，河水"哗"的一下又咆哮起来了。老汉坐在河岸上，使劲地眨眼睛，晕晕昏昏的什么也不知道了。

这时，尔德老汉又听见那位白胡子阿訇说："黄瓜就是征服黄河的钥匙，它能让黄河听人的话。可现在黄河让黄风和黑风这两个怪兽折腾苦了。你不能心急，要有耐心，要下大功夫。明年，你再种一园子黄瓜，黄瓜熟了的时候，你拣最大的一个扔进黄河里。那时，你就可以走进黄河河底的宝库里，里面的珠宝由你挑，粮种由你拿，还有一把斩龙杀妖的宝剑，用它可以驯服黄河，你指向哪里，黄河水就流向哪里。”

第二年，勤劳的尔德老汉又种了一园子黄瓜，他不怕路远，不惜流汗，从黄河里挑水浇瓜。功夫不负苦心人，最后，园子里结了一个三尺长的黄瓜，长得像一把钥匙。老汉日夜睡在菜园里，一直等到瓜熟。

这一天，天晴得没一点云彩。尔德老汉把那三尺长的黄瓜摘下来，扔进黄河里。这时，只听黄河一声咆哮，裂开了一条长缝，人们能把河底的石头都看得清清楚楚。尔德老汉下到河底，看见一个洞，洞里珍珠玛瑙应有尽有，还有一把宝剑。老汉拿起宝剑刚要往外走，只见一阵狂风刮来，一时河面上波涛滚滚，一浪高过一浪。尔德老汉知道这是黑风怪和黄风怪来了，他就拿起宝剑向狂风左右猛劈几十剑。一会儿，狂风就停下来了。

尔德老汉想起白胡子阿訇的嘱咐——这宝剑可以征服黄河。他心里豁亮了，心想：“我要叫黄河填满沟壕，淤（yū）平山梁。”老汉手持宝剑，向黄河猛劈下去，黄河的水马上就不流了，好像前面堵了一道长城，只是节节升高，远远地看去还有点害怕。

三天以后，南至六盘山，西至贺兰山，到处都是水，只露出几个山尖尖。尔德老汉这才抽出宝剑，叫黄河水向前流去。

从此，山大沟深的宁夏变成了一马平川，居住在黄河两岸的回汉人民靠着自己勤劳的双手开渠造田，过上了幸福的生活。

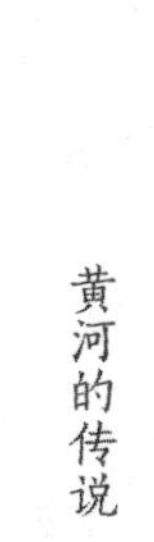

九色鹿的故事

在我国敦煌莫高窟有一幅壁画，名为《鹿王本生》。它讲述了一个神奇的传说故事。

相传从前恒河旁住着一头鹿，它的毛有九种颜色，它的角像雪一样白。九色鹿每天到河边吃草喝水，这儿有它的一个好朋友——乌鸦。

有一天，有个农夫不小心掉进了河里。九色鹿看到了，赶快跑到河边，不顾危险跳进河里把农夫救上岸。农夫要感谢九色鹿，九色鹿摇摇头说："我救你，不是为了叫你谢我。你快回去吧，只要你不告诉别人就可以了！"九色鹿说完就跑远了。

农夫说："一定，一定，我一定不告诉别人！"说完，农夫就走了。

不久，这个国家的王后做了个奇怪的梦，她梦见一头非常漂亮的鹿，鹿的毛有九种颜色，鹿的角像雪一样白。她醒来后对国王说：“我要九色鹿，我要拿九色鹿的皮做坐垫，您快给我找来。要不，我就要死了！”

国王立即昭示全国的老百姓：谁能找到九色鹿，就给他满满一盆金子。

可是谁也没见过九色鹿，谁也不知道九色鹿在哪儿。有一个人知道，那就是被九色鹿救过的农夫。他想：“这下可好了，我可以得到满满一盆金子了！”他跑到王宫，让国王带上兵马和他一起去捉九色鹿。

这天，九色鹿正伏在地上打瞌睡，它的好朋友，就是那只乌鸦站在树枝上，远远地看见一个人领着一队人马朝这里走来。

乌鸦从树上看见了，马上就明白他们是来捕杀九色鹿的，立刻大声对树下熟睡的九色鹿说：“兄弟，不得了啦！赶快起来逃命吧，国王率兵来捉你啦！”

九色鹿大吃一惊，飞跃而起，然而为时已晚，它已经被国王的军队层层围住，连逃走的空隙都没有。国王身边的士兵们张弓搭箭，正准备射杀九色鹿，国王忽然制止他们说：“且慢，这头鹿看上去非比寻常，也许是头神鹿！”九色鹿来到国王面前说：“请你们别急着杀我，我曾对你们国家有恩！”国王不解地问：“有什么恩呢？”

“我曾经救过贵国百姓的性命！”说到这里，它跪下叩头，恭敬地问国王：“请问大王，是谁告诉您我住在这里的呢？”

国王用手指了指农夫，说："就是他告诉我的！"

九色鹿抬起头来看看农夫，不禁流下眼泪，说："大王啊，前些日子，他掉在河里眼看就要淹死了，是我奋不顾身地把他救到岸上的！"

国王问农夫："是九色鹿救了你吗？你为什么反而要害它呢？"

农夫说不出话来。

国王叫他的士兵让开一条路，把九色鹿放了，并且下了一道命令："以后，谁也不许来捉九色鹿！"

农夫呢？他没有拿到满盆的金子，反而生了一场大病，全身长出脓疮，满口腥臭。

二月二　龙抬头

相传，古时候，有一个皇帝因为耽误了祭天的时辰，使得天上的玉帝很生气，于是玉帝给龙王下令，三年内不得给人间降雨。从那之后，人间连续干旱，田里的庄稼也都枯死了，河也几乎干涸了。

没有了收成，村里面闹起了饥荒。大家都没有东西可吃，病的病，死的死，所有的人都束手无策。这时，龙王的小儿子青龙再也看不下去了，他不忍心看着人间的老百姓受灾挨饿。于是他趁着龙王赴宴的时候偷偷地给人间降了一场雨。

玉帝知道了此事，大发雷霆，还下令把青龙压在一座大山下，山下立了块石碑，上面写着：

青龙降雨犯天规，当受人间千秋罪。

若欲重登凌霄殿，金豆花开方可归。

百姓们看了石碑，知道是青龙救了他们。如今青龙受罪，他们心里十分着急。但是大家绞尽脑汁也想不出让金豆开花的方法。

到了第二年农历二月初二这一天，人们从家里拿出许多的黄豆和玉米种子进行翻晒，准备春播。

有个老人忽然发现，这些金灿灿的黄豆和玉米倒是挺像金豆的。于是老人立刻跑回家，让他的妻子把黄豆和玉米在锅里炒一炒，看看这些东西会有什么变化。炒了一会儿，黄豆和玉米里的水分被炒干了，于是都爆开了花，还听到“噼噼啪啪”的声音。老人一看，说：“呀！这不是金豆开花吗？啊，金豆开花啦！青龙可以出来了！”

这个消息立刻在村子里传了开来，老人把这个方法告诉了全村的百姓。一传十，十传百，大家纷纷炒起了黄豆和玉米。炒好后，家家户户都在自己家的院子里摆上香案，点上香炉，把炒熟的黄豆和玉米供了起来。

龙王得知此事，把玉帝请到南天门观看。玉帝见人间家家户户的院子里都供着开花的“金豆”，就下令赦免青龙，并让他辅佐（fǔ zuǒ 协助）龙王，给人间行云布雨。

随即，天空一道霹雳，把大山劈成了两半，一声巨响，青龙冲破山石，抬起头长啸一声，腾空而起！

天上顿时乌云密布，雷声滚滚。青龙在百姓们的头上盘旋了几圈，感谢人们的搭救之恩。百姓们抬头望着青龙，都虔诚地作揖。

不一会儿，豆大的雨点“噼里啪啦”地从天空倾泻下来，百姓们都乐开了花。他们任凭雨点打在自己的脸上，感受着雨水的滋润。大地又复苏了，山上、田地里，又是一片生机勃勃的样子。庄稼丰收了，老百姓的生活自然也都好过了。

从此以后，“二月二，龙抬头”的说法就流传了下来。每到二月初二，家家都炒黄豆、爆玉米花吃。这表达了人们对青龙的感谢，寄托了人们祈求风调雨顺、五谷丰登的美好愿望。

后世也传颂着很多有关“龙抬头”的俗语，比如：

一抬头，丰收在望好兆头；
二抬头，福禄寿喜全都有；
三抬头，烦恼霉运全溜走；
四抬头，成功事业攥你手；
五抬头，步步顺达争上游；
六抬头，幸福健康到永久。

湘妃竹的传说

舜在年轻的时候，因为品行好，聪明勇敢，因而名声大振。尧见到舜后，也非常赏识他，不但把帝位传给了他，还把自己的两个女儿娥皇与女英都嫁给了他。

尧还嘱咐两个女儿，要她们遵守为妻之道，告诫她们，身为帝妃不能贪图享乐，要关心百姓疾苦。娥皇和女英听了父亲的教导，都点头应允。娥皇和女英嫁给舜之后，很识大体，和舜一起过着勤劳朴素的生活。

南方九嶷（yí）山上住着九条孽龙，它们经常跑到湘江来戏水玩乐，使得江水暴涨、洪水泛滥。舜知道后决定去南方杀死孽龙，为湘江百姓除害。舜带领众人来到洞庭湖，他让娥皇和女英留在洞庭湖中的君山上，自己则佩着宝剑，提起三齿鱼耙（pá），带人向湘江而去。

舜走后，娥皇和女英日夜为他祈祷（qí dǎo），期盼他和众人胜利归来。可是，一年又一年，燕子来来去去好几回，还是没有舜的消息。

有一天，娥皇和女英两人感觉心神不宁，她们担心舜的安危，思前想后，决定出去寻找丈夫。

娥皇和女英迎着风霜，跋山涉水去找舜。她们携手翻了一山又一山，涉了一水又一水，历经千辛万苦，终于来到了九嶷山。她们沿着大紫荆河到了山顶，又沿着小紫荆河下来，找遍了九嶷山的每个山村，踏遍了九嶷山的每条小径，还是没有舜的消息。

这一天，她们来到一个名叫三峰石的地方，这儿耸立着三块大石头，翠竹环绕，还有一座珍珠贝壳垒成的高大的坟墓。她们便问附近的乡亲：“是谁的坟墓如此壮观美丽？三块大石为何如此险峻地耸立？”乡亲告诉她们：“这是舜的坟墓，他从遥远的北方来到这里，帮助我们斩除了九条恶龙，让我们过上了安乐的生活。但他因和恶龙搏斗而耗尽了力气，永远地留在了这里。”

原来舜逝去之后，湘江的父老乡亲感念他的厚恩，特地为他修了这座坟墓。九嶷山上的仙鹤也为之感动了，它们朝夕不停地从南海衔来一颗颗灿烂夺目的珍珠，撒在舜的坟墓上，便成了这座壮观的坟墓。三块巨石，便是舜除恶龙用的三齿鱼耙插在地上变成的。

娥皇和女英得知事情的原委后，伤心极了，二人抱头痛

哭。她们悲痛万分，一直哭了九天九夜，把眼睛都哭肿了，嗓子哭哑了，眼泪流干了。最后，她们眼睛里哭出了血，死在了舜的坟墓旁。

娥皇和女英的眼睛里流出的血泪洒在了九嶷山的竹子上，竹竿上便现出点点泪斑，有紫色的，有雪白的，还有血红的，这便是“湘妃竹”。有的竹子上有印上去的指纹，传说是二妃在竹子上抹眼泪时印上的；有的竹子上有鲜红的血斑，传说便是两位妃子眼中流出来的血泪染成的。

杜鹃啼血

很久很久以前，古蜀国有个国王名叫望帝。望帝是个人人爱戴的好国王。他爱百姓也爱劳动，经常带领蜀国人开垦荒地，种植五谷。辛苦了许多年才把蜀国建成一个丰衣足食的天府之国。

有一年，在今天湖北的荆州地区，有个井里的大鳖（biē）成了精，幻化成了人形，随着西流水从荆水出发，沿着长江浮过三峡，浮过巴泸，最后到了岷江。当鳖精来到岷山山下的时候，他自称“鳖灵”，跑去朝拜望帝。说来也巧，鳖灵正碰见望帝愁眉不展，长吁短叹，忙问他为什么如此惆怅。望帝见到鳖灵，非常喜欢他的善解人意，便告诉了他缘故。

原来，有一大群被蜀人烧山开荒赶走的龙蛇鬼怪不愿离开天府之国，更不愿看到蜀人把自己的家园建成乐园。他们便使了妖术，把川西一带的大石都运到夔峡、巫峡一带的山谷里，堆成崇山峻岭，砌成龙穴鬼窝，天天在那里兴风作浪，将万流归海的大水挡住了。结果，水流越来越大，水位越来越高，老百姓的房屋、庄稼都被淹没在无情的洪水里。美好家园变成了滔滔洪水，可是大家都无能为力。望帝因此茶不思，饭不想，忧愁不已。

鳖灵听后，便对望帝说："我有治水的本领，我也不怕什么龙蛇鬼怪，我和你们一起想办法，一定能制服他们。"望帝一听，大喜过望，便拜他做了丞相，令他去巫山除鬼怪，开河放水救百姓。

鳖灵领了圣旨，带了许多兵马和工匠顺流来到巫山，和龙蛇斗了六天六夜，才把那些凶恶的龙蛇捉住，并关在了滟滪堆（yàn yù duī）下的上牢关里。接着，他又带领人们和鬼怪拼了九天九夜，才把那些邪恶狡猾的鬼怪捉住，并关在了巫山峡的鬼门关里。然后，鳖灵带人把巫山一带的乱石高山凿成了夔峡、巫峡、西陵峡等弯曲峡谷，终于将汇积在蜀国的滔天洪水，顺着七百里长的河道引向东海。这样蜀国又成了人民康乐、物产丰饶的天府之国。

望帝是个爱才的国王，他见鳖灵为百姓立了如此大的功劳，才能又高于自己，便选了一个好日子，举行了隆重的仪式，将王位让给了鳖灵，他自己隐居到西山去了。

鳖灵做了国王，称为"丛帝"。他领导蜀人兴修水利，开垦田地，做了许多利国利民的大好事，百姓过着快乐的生活。

后来，丛帝有点居功自傲，变得独断专行，不大倾听臣民的意见，不再体恤老百姓的疾苦了。消息传到西山，望帝非常着急，常常食不好寝不安，半夜三更还在房里踱来踱去，想着怎么去劝导丛帝。最后，他决定亲自去一趟。于是，他便从西山动身进城去见丛帝。

这个消息很快就被老百姓知道了，大家都诚心诚意地期望丛帝能悔过反省，便一大群一大群地跟在望帝的后面进宫请愿，结果便结成了一支很庞大的队伍。

这一来反而把事情弄僵了。丛帝远远地看见气势磅礴的队伍，心里起了疑惑，以为是老国王要来收回王位，带着老百姓来推翻他。丛帝心中慌了，便急忙下令紧闭城门，不让老国王和那些百姓进城。

望帝无法进城，靠在城门痛哭了一场，只好无奈地回西山了。可是，望帝又觉得自己有责任帮助丛帝，他一定要想办法进城去。他想到只有变成一只鸟儿才能飞进城门，飞进宫中，飞到枝头，把爱民安天下的道理亲自告诉丛帝。

于是，望帝便化为一只会飞会叫的杜鹃鸟，扑打着双翅飞呀飞，从西山飞进了城里，又飞进了高高的宫墙里，飞到了御花园的楠木树上，高声叫着："民贵呀！民贵呀！"

那丛帝原本是个清明的好国王。他听到杜鹃不停地劝告，终于理解了老国王的善意，知道自己多疑了，心中很是愧疚。从此，丛帝体恤民情，成为一个名副其实的好国王。

可是望帝已经变成了杜鹃鸟，再也无法变回人形了。杜鹃鸟千百年来总是对国王叫：“民贵呀！民贵呀！”

然而后来的帝王没有几个听他的话。他苦苦地叫，累出了血，把嘴巴都染红了还是不停止，仍然在苦口婆心地叫着“民贵”。

后代的人都被望帝这种精神感动，世世代代的四川人立下了“不打杜鹃”的规矩，以示对老国王的敬意。

田螺姑娘

很久以前，在一个村子里有一个孤儿，他被好心的邻居收养才长大成人。小伙子长到十八九岁时，就在村边搭了两间茅屋，开始独自生活了。无论谁家遇到了困难，小伙子都会热心帮助，大家都夸小伙子是个勤劳、知恩图报的人。

小伙子每天辛勤耕种，早出晚归，但常常是忙了地里的活儿，顾不上屋里的活儿，经常吃不上饭。

有一天，小伙子干完活儿回家时，看见路边有一只很大的田螺，出于好奇，他就将这只田螺带回家，把它养在水缸里。

第二天，小伙子照旧到地里去干活儿，可是当他回到家准备做饭时，却发现热腾腾的饭菜已经在桌上摆好了。小伙子以为这是好心的邻居帮他做的，就没在意。

没想到，接连几天，小伙子干完活儿回到家，都能吃到香喷喷的饭菜。于是，小伙子向邻居们道谢，可是邻居们都说不是他们做的。小伙子很纳闷儿，决心要弄个水落石出。

这天早晨，小伙子又扛起锄头下地干活儿了，这次他没有等到傍晚，而是早早地回来躲在窗外看屋里的动静。只见一位美丽的姑娘从水缸里出来，开始生火做饭，不一会儿，屋里就飘出了饭菜的香味。

小伙子飞快地跑进屋，正在做饭的姑娘见小伙子突然闯进来，不知如何是好，她打算往水缸跑，又被小伙子挡住了。小伙子问道："姑娘，你是从哪里来的？为什么要帮助我呢？"姑娘只好说出实情。

原来，姑娘是天上银河里的白水素女，因为玉皇大帝知道小伙子从小没有父母，很同情他，还因为小伙子乐于帮助别人，就派她扮作田螺来帮助小伙子。小伙子这才发现水缸里的那只大田螺只剩下一个空壳了。

田螺姑娘说："我本来想多帮助你几年，等你生活安稳娶了妻子以后再走，可是你今天突然闯进来，知道了我的身份，我不能再在人间待下去了。"小伙子非常后悔，责怪自己的举动太鲁莽，再三请求田螺姑娘留下来。田螺姑娘指着水缸里的田螺壳说："我把田螺壳留给你，你用它盛粮食，就会有很多粮食出来，你用这些粮食帮助乡亲们吧。"

田螺姑娘说完这话，天空中刮起了一阵大风，接着下起了大雨。风雨过后，田螺姑娘已经不见了踪影。小伙子望着田螺壳，呆呆地看了很久，心里非常后悔和不舍。

后来，小伙子就用这个田螺壳来盛粮食，壳里的粮食总是满满的，家里的粮食越来越多。但小伙子仍然辛勤地劳动，拿出更多粮食送给乡亲们，还把田螺姑娘送给他田螺壳的事情告诉大家。

受到帮助的乡亲们都十分感激田螺姑娘，大家为她建庙立祠，纪念这位乐于助人的田螺姑娘。

哪吒出世

商朝陈塘关有个总兵，姓李，名靖，他自幼访道修真，拜西昆仑度厄真人为师，学成五行遁术（dùn shù 用特殊技术或借助其他工具逃生的办法）。后来，因为仙道难成，李靖就下山辅佐纣王，当了陈塘关总兵，享受人间的富贵。李靖的夫人殷氏，生了两个儿子：长子金吒，次子木吒。后来殷夫人又怀孕了，一般人“十月怀胎”即可产子，可她已经怀了三年零六个月还没有生下孩子。李靖心里很担心。

一天，李靖指着殷夫人的肚子说：“你已经怀孕三年多了，还不降生，怀的难道是个妖怪？”殷夫人听了也很烦恼，她说：“我也觉得不好，日夜担忧。”

这天夜里三更，殷夫人梦见一个头绾（wǎn 把长条形的东西盘绕起来打成结）双髻（jì 在头顶或脑后盘成各种形状的头发）的道人，身穿道服，径直走进自己的卧室。

殷夫人呵斥道：“你这道人怎么这么不知礼节？你怎么能随便出入我的卧室？太可恶了！”

道人却不生气，高声说：“夫人快接麟儿！”殷夫人还没有来得及回答，只见道人将一个东西往殷夫人怀中一送，殷夫人猛然惊醒，吓出一身冷汗。她急忙叫醒李靖把梦中的事情说了一遍。她话还没说完，已觉腹中疼痛。

李靖想：“夫人怀孕三年零六个月，今晚这个样子怕是要生了，只是不知道生个什么？真是不知吉凶啊。”李靖正在焦虑，只见两个侍儿慌忙前来禀告：“老爷，夫人生下一个妖精！”

李靖急忙手拿宝剑，来到卧室，只见室内一团红气，满屋异香。有一个肉球，滴溜溜地转动。李靖大吃一惊，举剑朝肉球砍去，“砰”的一声，肉球里跳出一个小孩儿来，面如敷粉，右手套一金镯，肚子上围着一块红绫，全身金灿灿的，咯咯地笑着，满地乱跑。李靖上前一把将他抱起，一看是个可爱的孩子，不忍心当妖怪杀死，就抱给殷夫人看。殷夫人也是打心眼里喜欢。

第二天，李靖的许多下属前来道贺，李靖忙于招待。这时，有人来报：“老爷，外面有一道人求见。”

李靖自幼访道，不敢忘本，忙说：“快请。”

道人走进大厅，对李靖说：“将军，贫道有礼了。”

李靖忙答礼，请道人上坐。道人也不推辞。

李靖说：“道长在哪处名山修道？今天到这里，有什么见教吗？”

道人说："贫道是乾元山金光洞太乙真人。听说将军生了公子，特来贺喜。借令公子一看，不知您意下如何？"

李靖听了道人的话，让侍儿把孩子抱了出来。

道人接过孩子，看了又看，问道："这个孩子出生在哪个时辰？"

李靖说："生在丑时。"

道人又问："这个孩子可曾起名？"

李靖说："还没有名字。"

道人说："贫道给他起个名，让他给贫道做个徒弟，行吗？"

李靖说："愿拜道长为师。"

道人问："将军有几位公子？"

李靖答道："有三子，长子金吒，拜五龙山云霄洞文殊广法天尊为师；次子木吒，拜九宫山白鹤洞普贤真人为师。道长既要收此子为徒弟，你只需给他起个名字，他便拜道长为师。"

道人说："这是你的第三个儿子，就取名'哪吒'吧。"

李靖谢过道人，要留道人吃斋饭，道人执意离去，李靖只得送道人出府。道人告辞，径自离去。

哪吒一来到世间，就有了师父，还有了自己的两件宝物，原来那金镯和红绫是金光洞镇洞之宝，分别叫作"乾坤圈"和"混天绫"。也难怪哪吒出生时满地红光，满屋异香。哪吒本领高强也就不足为奇了。

哪吒闹海

日子过得很快，转眼间哪吒七岁了，身高也有了六尺。

这年五月，天气炎热，哪吒来见母亲，对母亲说：“孩儿要出关外游玩一会儿，请母亲允许。”母亲答应了哪吒，又叮嘱道：“儿子，你既然要去关外玩耍，可要让一名家将领你去，不要贪玩，快去快回，你爹练兵回来会找你。”

哪吒应道：“孩儿晓得。”哪吒同家将出了关，走了大约一里路，哪吒就汗流浃背，看到前面有片树林，哪吒很高兴，便走进树林里，躲在树荫下，解开衣服，凉快凉快。

这时，哪吒听见旁边有流水的声音，站起身来，循声而去，看到一个河湾。他就走到河边，脱了衣裳跳进河里，戏水玩耍，把七尺混天绫放在水里摆来摆去，河水都映红了。他摆一摆，江河晃动；他摇一摇，天地也动。

哪吒不知道这河就是九湾河，是东海的入海口。哪吒在此戏水，那水晶宫早已晃得乱响。

此时，东海龙王敖广正坐在水晶宫里，只觉得宫殿摇晃。敖广忙唤来龙兵，问道："没有地震，为什么宫殿摇晃得厉害？"侍卫派巡海夜叉李艮快去查看，看入海口是何物作怪。

夜叉来到九湾河一望，见水都是红的，一片光华灿烂。只见一小孩儿将红罗帕（pà）蘸（zhàn）水玩耍。

夜叉分水上前，大叫道："这个孩子用什么东西作怪，把河水映红，让宫殿摇动？"

哪吒回头一看，见水底出现一个怪物，就说："你这畜生是个什么东西，也配和我说话？"

夜叉大怒："你敢骂我是畜生？"夜叉分水一跃，跳上岸来，举起斧头朝哪吒头上劈来。哪吒正赤身站在水里，看见夜叉斧头劈来，随手将右手上套的乾坤圈往空中一扔，乾坤圈正好落在夜叉头上。夜叉哪里经得起这宝物的击打，一下子就被打死了。

哪吒一看夜叉不动了，也不知道害怕，还说："把我的乾坤圈都弄脏了。"说完，哪吒就在水中的石头上坐下，洗起乾坤圈来。

乾坤圈在水里一晃，东海里的水晶宫又一次摇晃起来，差点儿把宫殿都晃倒了。敖广正在问出去巡海的夜叉怎么还没有回来，只见龙兵来报："夜叉李艮被一孩童打死了，特向龙君报告。"

敖广大惊："李艮乃灵霄殿御笔点差的，谁敢打死他？"

敖广马上传令："点龙兵龙将，跟我出去看看，是什么人在这里撒野？"

敖广话刚说完，只见龙王三太子敖丙出来，说："不必劳烦父王，孩儿出去将那人捉来便是。"

敖丙率领龙兵龙将径直从水晶宫出来。只见平地水涨数尺，波浪中出现一水兽，兽上坐一人，冲哪吒大叫道："是什么人打死我巡海夜叉李艮？"

哪吒回答道："是我。"

敖丙一见，问道："你是谁？"

哪吒答："我是陈塘关李靖第三子哪吒。"

三太子敖丙大喊道："好个泼贼！夜叉李艮在天王殿前当差，你竟敢将他打死！"

太子拿画戟（jǐ）便刺，来取哪吒。哪吒手无寸铁，把头一低，躲了过去，说："慢点动手，你是何人？通个姓名，我才和你讲理。"

敖丙说道："我乃东海龙君三太子敖丙。"

哪吒笑道："你原来是敖广之子，你妄自尊大，若惹恼了我，连你那老泥鳅都拿出来，把皮也剥了。"

三太子大叫一声："气死我了！竟敢这等无礼！"说完，他又一戟朝哪吒刺来。

哪吒急了，把七尺混天绫往空中一展，似火块千团，往下一裹，将三太子逼下避水兽来。哪吒抢步赶上去，一脚踏住敖丙的颈项，提起乾坤圈，照顶门一下，就把三太子的原身打出，原来是一条龙，在地上挺直了。

哪吒也不知自己闯了祸，还说道："打出这小龙的本相来了。也罢，把他的筋抽去，做一条龙筋带给我父亲束甲（shù jiǎ，卷起甲衣）。"

哪吒把三太子的筋抽了，径自带进关来，回到家就往后园去了。

而此时，敖广正在水晶宫等候儿子的消息，只听得龙兵来报说："陈塘关李靖之子哪吒把三太子打死，连筋都抽去了！"敖广听报，大惊道："将我儿子打死，真是百世之冤，还将我儿子的筋都抽了，这太让我心痛了！"

敖广大怒，变作秀才，径往陈塘关来。此时李靖正在后堂，门官来报："有朋友敖广拜访。"李靖听了忙出来迎接。

敖广一脸怒色，冲李靖嚷道："李靖，你生的好儿子！"

敖广便把哪吒打死夜叉李艮，打死三太子并抽了三太子的筋的事说了出来。李靖说："兄长不必性急，待我叫他出来问问。"李靖说完，亲自去后园寻找哪吒，哪吒听见父亲喊他，赶紧跑出来。

李靖问："儿子，你在这里干什么？"哪吒说："孩儿在这里编一条龙筋带子，给父亲束盔甲。"李靖一听这话，目瞪口呆，半晌说不出话来，好久才说："好一个冤家！你惹下天大的祸。快跟我出去见龙王。”

哪吒说：“父亲放心，筋还在这里，我还给龙王就是。孩儿这就去见他。”

哪吒急忙来到大厅，向敖广道歉并将三太子的龙筋献上。敖广见物伤情，对李靖说：“你生出这等恶子，你还护着他，我明日奏请玉帝，治你父子的罪！”

敖广径自扬长（yáng cháng 大模大样的样子）而去。李靖惊惧不安地说道：“这祸不小！”

哪吒见父母这么害怕，赶紧双膝跪下，说道：“爹爹，母亲，孩儿今日闯了祸。常言道：‘一人做事一人当。’我怎能连累父母？我不是凡夫俗子，我是乾元山金光洞太乙真人弟子。我如今往乾元山上问我师尊，他定有主意。”哪吒出了府门，抓一把土，往空中一撒，就寂然无影了。

哪吒借土遁（tǔ dùn 一种法术，借助土来快速行走）来到乾元山金光洞，向师父说明情况。太乙真人想了一会儿说：“虽然你是因无知而误杀敖丙，但敖广是龙中之王，你得为此事负责。”

太乙真人用手在哪吒胸前画了一道符，并叮嘱哪吒：“一人做事一人当。你回到陈塘关，向父母保证，此事绝不连累陈塘关的百姓，也不连累父母。”

话说东海龙王回到东海后，非常生气，于是便请来三位弟兄共商报复之计。

第二天，四海龙王带领水兵水将兴风作浪，要李靖交出哪吒才肯收兵，否则水淹陈塘关。

哪吒为了全城百姓的安危，也为了不连累父母，就挺身而出，拔剑自刎（wěn 用刀、剑割脖子），以死谢罪。东海龙王这才善罢甘休，陈塘关百姓才有了活路。

后来，太乙真人以莲花与鲜藕为身躯，使哪吒还魂再世。复活后的哪吒手持火尖枪，脚踏风火轮，大闹龙宫，收服龙王，让龙王造福百姓，从此百姓过上了风调雨顺的好日子。

龙女拜观音

在观音菩萨身边，有一对童男童女，男的叫善财，女的叫龙女。龙女原是东海龙王的小女儿，她聪明伶俐，深得龙王的喜爱。一天，她听说人间闹鱼灯，异常热闹，就想去看看。

龙王捋（lǚ 用手指顺着抹过去）捋龙须摇摇头说：“那里地荒人杂，可不是你龙公主该去的地方啊！”龙女又是撒娇又是哭，龙王还是不依。龙女嘟起嘴巴，心里想道：“你不让我去，我偏要去！”她晚上装睡，挨到三更天，便悄悄溜出水晶宫，变成一个漂亮的渔家少女，踏着朦胧月色，来到闹鱼灯的地方。

这是一个小渔镇，街上的鱼灯多极啦！有黄鱼灯、鳌鱼灯、章鱼灯、墨鱼灯、鲨鱼灯，还有龙虾灯、海蟹灯、扇贝灯、海螺灯、珊瑚灯……龙女东瞧瞧，西望望，越看越高兴，竟忘了自己是小龙女，还一个劲儿地往人群里挤。不一会儿她

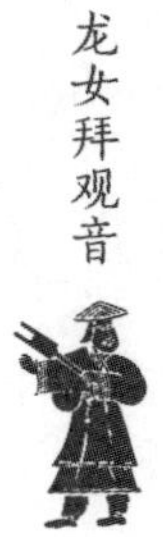

来到十字路口，这里更有趣哩！鱼灯叠鱼灯，灯山接灯山，五颜六色，光华璀璨。龙女站在一座座灯山前，看得出了神。

谁知这时候从阁楼上泼下半杯冷茶来，不偏不倚正泼在龙女头上。龙女吃了一惊，心里叫苦不已。原来变成少女的龙女碰不得半滴水，一碰到水，就再也保不住少女模样了。

龙女焦急万分，生怕自己在大街上现出龙形，招来风雨，冲塌灯会，她不顾一切地挤出人群，拼命地向海边奔去。刚刚跑到海滩，龙女就倒地变成了一条很大很大的鱼，躺在海滩上动弹不得。

正巧，海滩上来了一瘦一胖两个捕鱼小子，看到这条光灿灿的大鱼，一下子愣住了。“这是什么鱼呀？怎么会搁在沙滩上呢？”胖小子胆子小，站得远远地说，“从来没有见过这种鱼，怕是不吉利，快走吧！”

瘦小子胆子大，走近大鱼，边拨弄着鱼边说：“不管它是什么鱼，扛到街上去卖，准能赚笔钱用用。”两人嘀咕了一阵，然后扛着鱼，上街叫卖去了。

那天晚上，观音菩萨正在紫竹林打坐，早将刚才发生的事情知道得一清二楚。菩萨动了慈悲之心，对站在身后的善财童子说：“你快到渔镇去，将那条大鱼买下来，送到海里放生。”善财稽首（qǐ shǒu 指古代跪拜礼，跪下并拱手在地，头也碰地）道：“菩萨在上，弟子哪有银两去买鱼呀？”观音菩萨笑着说：“你从香炉里抓一把去就是了。”

善财点头称是，急忙抓了一把香灰，踏着一朵莲花，飞也似的直奔渔镇。这时，两个小子已将鱼扛到大街上，被观鱼灯的人围住了。称奇的、赞叹的、问价的，叽叽喳喳，议论纷纷，可是谁也不敢贸然买这么大的一条鱼。

有个白胡子老头说："小子，这条鱼太大了，你们把它斩开来零卖吧？"胖小子一想，觉得老头说得有理，于是向肉铺借来一把斧子，举起来就要斩。

突然，一个小孩子叫道："快看呀？大鱼流眼泪了。"胖小子停斧一看，大鱼果然流着两串晶莹的眼泪，胖小子吓得丢掉斧子往外钻。瘦小子怕鱼卖不出去，赶紧拾起斧子要斩鱼，却被一个小沙弥（指小和尚）阻止了："莫斩！莫斩！这条鱼我买了。"众人一看，十分诧异："小沙弥怎么买鱼来了？"

有个老头哼了一声，翘着山羊胡子说："和尚买鱼，怕是要开荤还俗了吧？"

小沙弥见众人冷语讥笑，赶紧说："我买这条鱼是去放生的！"说着，掏出一撮碎银，递给瘦小子，并要他们将鱼扛到海边。瘦小子暗自高兴："钱赚了！把鱼扛到海边，等小沙弥一走，仍然能把这条大鱼扛回来呢！"他招呼胖小子扛起大鱼，跟着小沙弥向海边走去。

三人来到海边，小沙弥叫他们将大鱼放到海里。那鱼碰到海水，立即打了一个水花，游出很远，然后掉转身来，向小沙弥点了点头，倏忽不见了。瘦小子见鱼游走了，这才断了再扛走鱼的念头，摸出碎银，要分给胖小子。不料摊开手一看，碎银变作一把灰，被一阵风吹得无影无踪。瘦小子再找小沙弥，小沙弥早已不知去向了。

再说东海龙宫里，自从不见了小公主，宫里宫外乱成一锅粥。龙王气得龙须直翘，龟丞相急得头颈伸出老长，守门官蟹将军吓得乱吐白沫，玉虾宫女怕得跪在地上打颤……一直闹到天亮，龙女回到水晶宫，大家才松了口气。

龙王瞪起眼睛，怒气冲冲地呵斥道："小孽畜，你胆敢犯宫规，私自外出！说！到哪里去了？"

龙女一看龙王动了怒，知道撒娇也没有用了，便照实说："父王，女儿观鱼灯去了，要不是观音菩萨派善财童子来救我，女儿差点没命！"接着龙女将自己的遭遇讲了一遍。龙王听了，不由大惊。他怕观音将此事讲出去，让玉皇大帝知道了，自己就得落个教女不严的罪名。他越想越气，一怒之下，竟然将龙女逐出水晶宫。

龙女伤心极了，茫茫东海，到哪里去安身呢？第二天，她哭哭啼啼地来到莲花池。哭声传到紫竹林，观音菩萨一听就知道是龙女来了，她吩咐善财童子去接龙女。

善财童子蹦蹦跳跳地来到龙女面前，笑着问道："小龙女，你还记得我这个小沙弥吗？"

龙女连忙擦掉眼泪，红着脸说："你是善财童子呀？你是我的救命恩人呢！"说着就要叩拜。

善财一把拉住了她：“走，观音菩萨叫我来接你呢！”善财和龙女手拉手走进紫竹林。龙女一见观音菩萨端坐在莲台上，俯身便拜。观音菩萨很喜欢龙女，让她和善财童子一起侍奉在自己身边，善财童子和小龙女生活在观音洞附近的一个岩洞里，这个岩洞后来被称为“善财龙女洞”。

龙女跟了观音菩萨后，龙王却反悔了，常常叫小龙女回去。小龙女依恋普陀山的风光，再也不愿回到禁锢（jìn gù 束缚，强力限制）她的水晶宫去了。

八仙过海

很久以前，有八位神仙，他们是铁拐李、汉钟离、蓝采和、张果老、何仙姑、吕洞宾、韩湘子和曹国舅，他们有各自的法器和本领。

这天，八仙兴高采烈地到蓬莱阁去赴宴。席间，酒至酣（hān）时，铁拐李意犹未尽，对众仙说：“都说蓬莱、方丈、瀛（yíng）洲三座神山景色秀丽，我们怎能不去游玩其他两地？”众仙兴致正高，齐声附和。吕洞宾说：“我们既然都是神仙，这次渡海就不能乘船，只能凭个人本领，不知各位是否同意？”众仙听了，欣然同意，一齐弃座动身而去。八仙聚到海边，一个个亮出了自己的法宝。

铁拐李第一个过海，他把手里的拐杖抛入东海，拐杖像一叶扁舟，载着他悠悠地远去了。

逍遥闲散的汉钟离，把手中的芭蕉扇甩开扔到大海里，那扇子大如蒲席，他醉眼惺忪（xīng sōng 刚睡醒的样子）地跳到扇子上，优哉游哉地迎波踏浪，向大海深处漂去。

清婉动人的何仙姑紧随其后，将荷花往海里一放，顿时红光四射，花像磨盘，仙姑亭亭玉立于荷花中间，风姿迷人。

众仙谁也不甘落后。吟诗行侠的吕洞宾、倒骑毛驴的张果老、隐迹修道的曹国舅、振靴踏歌的蓝采和、桀骜不驯（jié ào bú xùn 性情倔强，不受约束）的韩湘子纷纷将宝物扔入海中。有吕洞宾的宝剑，张果老的银驴，曹国舅的玉板，蓝采和的花篮，韩湘子的洞箫。

瞬间，好似百舸（gě 船）争流，各显神通，逞雄镇海，八仙纷纷遨游在万顷碧波之中。

八仙遨海，海面顿时波涛汹涌，滔天巨浪震动了东海龙王的宫殿。东海龙王恼羞成怒，率兵出来干涉。八仙据理力争，与之抗辩，这下惹恼了东海龙王，他下令让虾兵蟹将抓走了蓝采和。

众仙见状大怒，个个奋勇上前，海里又是一场恶战。众仙连斩东海龙王两个龙子，吓得虾兵蟹将魂飞魄散，纷纷败下阵来。

东海龙王大怒，请来南海、北海和西海龙王，发誓要制服众仙。四海龙王催动三江五湖四海之水，掀起惊天巨浪，杀气腾腾，直奔众仙而来。正在这一触即发之际，忽见金光闪闪，浊浪中闪出一条路来。原来曹国舅的白云板天生具有避水神力，他怀抱白云板在前开路，众仙在后紧紧跟随，任凭巨浪排山倒海，却奈何不了八仙。

四海龙王见此情景，又调动了四海兵将准备再战。不想惊动了南海观音菩萨，她在空中进行调停，最后东海龙王放出了蓝采和。八仙拜别观音，各持宝物，乘风破浪，遨游而去。

八仙斗花龙

八仙去东海游玩，和东海龙王有了一场恶战。这天，他们又要外出。他们原本可以腾云驾雾，可是吕洞宾偏偏别出心裁，提出要乘船过海，观赏海景。他将铁拐李的拐杖往海里一抛，说声“变”，拐杖顿时变成一艘宽敞漂亮的大龙船。八位大仙坐船观景，喝酒斗歌，好不热闹。不料，又惹出一场麻烦来。

原来，龙宫里有条花鳞恶龙，是龙王的第七个儿子，称为“花龙太子”。这天，他闲着没事，在水晶宫外游荡，忽闻海面上仙乐之声，便循声寻去，见一条雕花龙船，内坐八人，其中有个妙龄女郎，桃脸杏腮，楚楚动人。花龙太子见此仙姿，忘了龙王母的训导，想入非非，似魔似痴地迷上了妙龄女郎何仙姑。

八仙在海上玩得尽兴，怎会想到花龙太子半路挡道？平静的海面突然掀起一个浪头，将雕花龙船打翻了。张果老眼尖，翻身爬上毛驴背；曹国舅心细，脚踏巧板浪里漂；韩湘子放下仙笛当坐骑；汉钟离打开蒲扇垫脚底；蓝采和攀住了花篮边；铁拐李失了拐杖，幸亏抱着个葫芦；只有吕洞宾，毫无戒备，浑身湿了个透。

这时，汉钟离慌忙清点人数。点过来，点过去，只有七位大仙。男的俱在，独缺一个何仙姑。奇怪，这何仙姑到哪里去了呢？汉钟离掐指一算，大吃一惊，原来是花龙太子拦路抢亲，把何仙姑抢到龙宫里去了。

这一回，大仙们大动肝火，个个咬牙切齿，杀气腾腾，直奔龙宫。

花龙太子知道七仙不会善罢甘休，早在半路上候着。他见大仙们来势凶猛，慌忙挥舞珍珠鳌鱼旗，催动虾兵蟹将掀起巨浪，向七仙淹来。汉钟离挺着大肚子，飘飘然降落潮头，轻轻扇动蒲扇，一阵狂风就把万丈高的巨浪和虾兵蟹将扇到九霄云外去了。

花龙太子见汉钟离破了他的阵势，忙把脸一抹，说声“变”。海里就窜出一条巨鲸，张开闸门似的大口来吞汉钟离。

汉钟离急忙扇动蒲扇，不料那巨鲸毫无惧色，嘴巴越张越大。这下，汉钟离可慌神了。正在危急中，忽然传来韩湘子的笛声。那笛声悠扬悦耳，鲸鱼听了斗志全无，竟朝韩湘子参拜起来，渐渐浑身酥软，瘫成一团。

吕洞宾挥剑来斩鲸鱼，谁知一剑劈下去火星四溅，锋利的宝剑斩出个缺口。仔细一看，眼前哪儿有什么鲸鱼，分明是块大礁石。吕洞宾火冒三丈，铁拐李却在一旁笑眯眯地说："莫恼！莫恼！待我来收拾它！"

只见铁拐李向海中一招手，它的那根拐杖"唰"的一声窜出海面。铁拐李将拐杖拿在手中，一杖打下去，不料打在一堆软肉里。原来，海礁已变成一只大章鱼，拐杖也被章鱼的手脚缠住了。要不是蓝采和的花篮罩下来，铁拐李早被章鱼吸到肚子里去了。

原来这巨鲸和章鱼都是花龙太子变的。这时，章鱼见花篮当头罩来，慌忙化作一条海蛇，向东逃窜。张果老拍手叫驴，撒蹄追赶。眼看就要追上，不料毛驴被蟹精咬住蹄子，一声狂叫把张果老抛下了驴背。幸亏曹国舅眼明手快，救起张果老，打死了蟹精。

花龙太子输红了眼，现出本相，闪耀着五颜六色的龙鳞，摆动着七枝八杈的龙角，张舞着尖利的龙爪，向大仙们猛扑过来。七位大仙各显法宝，一齐围攻花龙太子。

花龙太子斗不过七仙，只得向龙王求救。

龙王反而把花龙太子痛骂了一顿，连忙送出何仙姑，好话讲了一百零五斗，最后还请来了南海观音菩萨从中调和，众仙才放过花龙太子，一场风波总算平息。

启母石的故事

在嵩山（河南省境内。嵩 sōng）脚下有一块巨大的石头像一尊雕像矗立（chù lì 高耸直立着）在那儿，相传这就是“启母石”。在离启母石不远的地方，还有两根由大块方石垒成的门柱，上边刻着打猎、农耕的浮雕。这就是传说中大禹的家门，后人叫它“启母阙（què）”。

远古时期，洪水横流。为了使百姓安居乐业，大禹想方设法治理水患，跑遍了九州四野。在嵩山南面，西自龙门，东到禹县，有一条大河叫颍河，颍河一泛滥，两岸就变成一片汪洋，庄稼会被淹没、被冲走。大禹为了把洪水排出去，决定在登封西北的萼（è）岭口一带凿山治水。他打算把嵩山南面的洪水引进北面的洛河，然后再让水流到黄河里去。

大禹来到萼岭口附近一看，这里山势险峻，凿通萼岭口工程巨大。他为了尽快疏通河道，在凿山时，就变成一只巨大的黑熊，这样一来，他干起活来就非常有力，也不知疲倦。大禹每天忙着开山凿石，没工夫回家，也顾不上吃饭，就叫妻子涂山氏给他送饭。他为了不让妻子看见自己变成熊的样子，就跟妻子约定：只有听见敲鼓的声音时，她才能去给他送饭。涂山氏就按照大禹的嘱咐去做。每天，当听到咚咚的鼓声时，她就赶快撑着木筏子，把饭给大禹送过去。

有一天，大禹在开山的时候，脚下踩动的几块石头从山上滚下来刚好掉在鼓面上，发出了咚咚的响声。大禹因为忙，也没在意。涂山氏一听到鼓声，心里纳闷，为什么丈夫今天吃饭时间提前了呢？大概是特别累，饿了吧！于是，她就赶紧把饭做好，急急忙忙撑着木筏子给大禹送饭去了。

谁知道，当涂山氏来到山坡前，左等右等，也不见大禹下来。她就往山上爬，来到山上一看，只见一头大黑熊正在用力地凿石推土。那黑熊伸出两条巨臂，用力朝山岩上一推，轰隆一声响，山石塌下了一大片，倒在水里，溅起几丈高的浪花。过了一会儿，大黑熊才直起腰来，看着新开出来的山口，乐得眉开眼笑。

涂山氏一见这情形，又惊又吓：自己的丈夫大禹怎么是一只大黑熊呀？自己为什么没有发现呢？一时间，她又惊又怕，不由大叫了一声，提起饭篮就往回跑。大禹听见妻子的叫声，发现了妻子，就想跟妻子解释一下，慌忙中忘了变回原形，只顾跟在妻子后面跑。大禹的妻子看见这只熊来追自己，心里更加害怕，也跑得更快了。他们就这样一个跑一个追，一直跑到了嵩山脚下，大禹妻子眼看大黑熊要追上来了，一着急，就变成了一块石头。

大禹一看自己的妻子变成了石头，心中后悔极了，他后悔不该瞒着妻子自己变熊的事。他又想："妻子已经怀孕了，这一变成石头，孩子怎么办呢？"想到这里，他就跑到巨石前面，大声喊道："你就这样离开我吗？我们还有儿子呢！儿子怎么办呢？儿子在哪里呢？"

话刚说完，就听轰隆一声巨响，眼前的石头裂开了，从里面跳出一个孩子。大禹急忙把孩子接住。大禹给孩子起名叫"启"，启就是裂开的意思。所以，那块巨石就叫"启母石"。

董永和七仙女的故事

从前董溪村有个年轻人名叫董永。母亲早逝，他跟父亲相依为命。董永家境贫寒，靠替财主做佣工赡养（shàn yǎng 供给生活所需，特指晚辈供养长辈）父亲。父亲病逝后，董永家徒四壁，根本没有钱安葬父亲，他只好向财主借钱葬父，并跟财主约定无偿做工三年来还债。

董永卖身葬父的事情被天上王母娘娘的七女儿——七仙女看见了，七仙女对董永卖身葬父的事情很感动，也被忠厚英俊的董永打动了，于是她决定下凡帮助董永。

一天，董永在赶往财主家上工的途中，遇见一个美丽的村姑在老槐树下哭。董永就走上前，小心地问她为什么伤心哭泣。

村姑说：“我母亲去世，爹爹娶了后娘。后娘打算将我卖给商人做小老婆。我逃了出来，无处落脚，这才悲伤。”

“看来你我都是苦命之人啊！”董永叹息道。

“小女已无家可归，不知大哥是否愿意收留我，和我结为百年之好？”

董永忙说：“你我素不相识，既无父母之命，又无媒妁之言，我们怎么能私下成婚呢？”

“大哥何必固执？如果没有媒人，就请这老槐树给我们做媒，请土地爷给我们主婚，怎样？”

“老槐树如何能做媒？土地爷如何能主婚？”董永不解地问。

“你问老槐树它愿意为七姐和董永做媒吗？连问三遍，老槐树如果答应三遍，就是愿意。问过老槐树，再去问土地爷。”

于是董永上前问老槐树：“老槐树啊老槐树，你愿意为我们做媒吗？”

老槐树突然开口说：“仙女配贤郎，美满世无双。愿意，愿意！”董永一连问了三遍，老槐树回答了三遍。

董永又去问土地爷：“土地爷，你可愿意为我们主婚？”

土地爷说：“仙女配贤郎，一对金凤凰。愿意，愿意！”董永一连问了三遍，土地爷也回答了三遍。

这天晚上，董永和七仙女就在老槐树下结成了夫妻。董永与七仙女结成夫妻后，双双到财主家去做工。

董永的卖身契上写着“无牵无挂”，现在凭空多了一个女子，财主就故意刁难，不肯收留。

经过董永的一再恳求，财主才答应了，但是他提出了一个苛刻条件：限定董永夫妇于当天夜里织出十匹云锦，如果织得出来，长工期限由三年改为百日，如果织不出来，三年之后再加三年。七仙女爽快地答应了，董永却焦急万分。

晚上，董永愁眉苦脸地坐在灯前，心想：“一夜之间，不要说织出十匹云锦，就是一匹也织不完啊！织不出来，三年长工做满之后，还要加上三年。”

他越想越觉得生气，心中暗暗埋怨七仙女答应了财主的条件。可是七仙女一点儿也不着急，她叫丈夫放心去睡觉，说她自有办法。

夜深人静时，七仙女在屋子里点起一炷下凡时姐妹们赠送的“难香”。天上的众仙女闻到香味，知道小妹妹在人间遇到了难处，便来到了妹妹屋里。她们听了小妹妹的诉说，就一起动手织了起来。

这些天上的仙女，都是巧手，擅长织造，还没等到天亮，就把十匹绚丽多彩的云锦织出来了。

第二天早晨，董永看见这十匹美丽的云锦又惊又喜，心想自己的妻子莫非是神仙吧！他们抱着十匹云锦给财主送去，财主也大为惊讶，只好把三年的工期减为百日。

百日期满后，夫妻俩高高兴兴地回到自己的家中。这时七仙女才告诉董永，自己是天上下凡的仙女，还说他们将有一个孩子了。董永听了更加欢喜。从此夫妻俩男耕女织，相亲相爱，过着幸福的生活。

后来，天上的玉帝查出小女儿私下凡尘，跟董永结为夫妻，不禁勃然大怒。他命使者来到人间，传下圣旨，叫七仙女务必在午时三刻返回天庭。如有违抗，定派天兵天将前来捉拿问罪，并让董永粉身碎骨。

天庭的钟声响了，午时三刻到了。七仙女为了不让丈夫遭到杀害，只好在他们定情的那棵老槐树下，忍痛跟董永告别。

董永哭天喊地，悲痛欲绝。他上前问老槐树："老槐树啊老槐树，你说我们是仙女配贤郎，美满世无双。今天为何有人硬要把我们分开？老槐树，你怎么不开口啊？"可是那棵老槐树，任你喊一千声，唤一万遍，它也不答应，变成了哑巴木头！

董永又跪在土地庙前叫道："土地爷啊土地爷，你说过我们是一对金凤凰，愿意为我们主婚。如今为何有人硬要把她逼回天庭？土地爷爷，你要给我们做主啊！"可是那位笑眯眯的白胡子老头竟连吭一声也不敢，成了一个哑巴人！

临别时，七仙女流着泪对董永说："来年碧桃花开日，槐荫下面把子交。"说完便被凶恶的天神捉走了。

一对恩爱夫妻，就这样被玉帝残酷地拆散了。七仙女被抓到天庭后不久，孩子出生了。七仙女整日哭哭啼啼，王母娘娘不忍心看他们一家骨肉分离，就恳求玉帝将七仙女降为凡人，让他们一家三口团圆。

第二年春天，董永果然在槐树下见到了七仙女，一家人团圆了。从此，董永和七仙女过上了幸福的生活。

龙公主戏神珠

传说很久很久以前，燕窝岛有个小仔（xiǎo zǎi 方言，小子的意思），家里很穷，十五六岁就到别人的船上去当伙浆仔（在渔船上烧饭、做杂工的男孩子）。伙浆仔敦厚老实，手脚勤快，还吹得一手好渔笛。

一天早晨，渔船扬帆出海，撒网捕鱼。可是船老大派人把渔网拉上来一看，网袋空空的。他们换了一个洋地（渔民出海捕鱼的渔场）又一个洋地，撒了一网又一网，什么也没有捞到。

船老大看伙计们一个个愁眉苦脸，便对伙浆仔说：“伙浆仔呀！吹曲笛子让大家消消愁，解解闷吧！”

伙浆仔坐在船头上，吹响了渔笛。婉转动听的笛声随海水荡漾出去。一首曲子吹完，船老大叫大伙去拉渔网。渔网一节一节拉上来，都是空的，大伙心里凉凉的。然而当他们拉起最后一节渔网时，感觉非常沉，他们把渔网使劲往船板上一扔，

渔网里闪出一道金光，把渔船照得通亮通亮。大伙吓呆了，仔细一看，原来他们捕到了一条金灿灿的鱼。这条鱼金鳞闪亮，背脊上有一条鲜红的花纹，头顶红通通，嘴唇黄澄澄，唇边还长着两条又细又长的胡须。

这是什么鱼？只有船老大一个人知道。他告诉大伙，这是一条非常稀罕的黄神鱼，吃了这种鱼能补身子强筋骨。而且有黄神鱼的地方，一定有鱼群。船老大望着黄神鱼，笑嘻嘻地说："伙浆仔，你去剖鱼，烧鱼羹，请大家尝尝鲜补补神，接下来捕个大网头，一网鱼装三舱！"伙计们听了满心欢喜，有的摇桨，有的撒网，只有伙浆仔看着黄神鱼发愣：这样的鱼杀掉烧鱼羹，多可惜啊！他心里舍不得，手里却拿起刀，在磨刀石上噌噌地磨了两下，吓得黄神鱼乱蹦乱跳。

伙浆仔张开双手去捉鱼。你往东，它跳西，你往西，它跳东，怎么抓也抓不住，伙浆仔累得直喘气。突然，他听到一阵女孩子的哭泣声，感到奇怪，船上哪来的姑娘？他惊疑地四下一望，只见黄神鱼躺在舱板上，嘴巴一张一闭，双眼簌簌流泪。伙浆仔看呆了，自言自语说："黄神鱼呀，船老大要杀你，我于心不忍也没办法啊！"

黄神鱼跳到他的脚边，苦苦哀求："放我回去吧！放我回去吧！"伙浆仔越发惊奇，蹲下身子问道："你真的通灵性？"

黄神鱼点点头，眼泪簌簌流下来。

伙浆仔心肠软，用手揩揩黄神鱼的脸。这一揩，黄神鱼哭得更伤心了，眼泪像一串珍珠断了线。

伙浆仔鼻子一酸，也有些伤心，他说：“别哭！别哭！我放你，放你归大海！”

伙浆仔手捧黄神鱼，走到船舷边，黄神鱼尾巴一翘，头一抬，扑通一声跃进了大海。海面上泛起一朵朵银白色的浪花，浪花中间突然冒出了一个姑娘，水灵灵的，非常漂亮，一双大眼睛温柔地看着伙浆仔。姑娘满脸含笑地说：“伙浆仔，你怎么哭了？”

伙浆仔窘得满脸通红，急忙用刚才替黄神鱼擦过眼泪的手揉了揉眼睛，定睛再看，姑娘不见了。

原来，这姑娘是东海龙王的三公主。她在龙宫里玩腻了，化作黄神鱼悄悄溜出龙宫，混在鱼群里到处游荡。突然，一阵笛声自远而近，她侧耳细听，哟！这么动听！她循声找寻吹笛人，寻呀寻呀，一不小心撞进了渔网里。

此时，伙浆仔呆呆地望着浪花出神，以为自己看花了眼睛，又用手揉了揉。

突然，伙浆仔眼前一亮，海底下的海藻泥沙、龟鳖蟹虾都看得清清楚楚、明明白白。他正感到奇怪，只见一群黄鱼迎面游来，就高兴地大声喊道：“黄鱼！一群大黄鱼！老大，快下网呀！”

船老大不相信，摇摇头，没理他。

眼看黄鱼群从船底游过去了，伙浆仔惋惜地说：“可惜，真可惜！”

话音刚落，又看见一群黄鱼朝渔船游来，伙浆仔又大喊起来：“老大，快下网，是大黄鱼呀！”

船老大半信半疑地催大伙撒下渔网。不到一袋烟功夫，伙浆仔拍着双手笑得合不拢口：“进网了，快拉网呀！”

渔网往上拉，哗啦一阵响，网袋浮上海面，金灿灿的，亮闪闪的，满满一网大黄鱼。他们掏呀掏呀，一直掏到大天亮，足足装了一船。从此，岛上的渔民都传开了，说伙浆仔的眼睛能看到海底的鱼群。大伙都喜欢跟伙浆仔出海，他说哪里有鱼，渔民就往哪里撒网，网网不落空，次次满载而归。

燕窝岛上的渔民日子越过越兴旺，人人感激伙浆仔。这可吓坏了东海龙王，急忙找来龟丞相商讨对策。

龟相摇着头说：“这事难办！伙浆仔救了三公主，三公主赠了他一对神眼珠。”

龟相把三公主如何听到笛声，如何落网遇救的经过说了一遍。

龙王听罢，沉吟片刻说：“每天奉送几担海产以报答救命之恩未尝不可，但怎可赠送神眼珠？不行，神眼珠要收回！”

龟相为难地说：“收回神眼珠，伙浆仔双目要失明，恐怕三公主不答应！”

龙王不耐烦地说：“那该怎么办？”

龟相凑近龙王，如此这般地咬耳细语一阵，龙王无可奈何地叹了口气说：“事到如今，也只能如此了！”

一天，风和日丽，海天蔚蓝。伙浆仔带着岛上的渔民扬帆出海。他吹着渔笛，眼望海底。船刚到洋地，迎面就游来了鱼群。伙浆仔急忙手持渔笛，指点撒网，谁知鱼群哗地一调头，顺潮而去。伙浆仔让人把橹摇得像阵风，猛追不放，追呀追呀，一直追到外洋。突然，天上升起团团乌云，海上刮起阵阵猛风。风呼呼，浪哗哗，一个巨浪卷走了伙浆仔。大伙焦急地呼喊着："伙浆仔！伙浆仔！"

伙浆仔随浪漂荡，只觉得天昏昏，海茫茫，不知漂荡了多少时辰，不知漂到了什么地方。他定睛一看，眼前有一幢富丽堂皇的宫殿，龟相站在宫门前迎接："浪花跳，贵客到，快进宫里歇一歇！"

接着，宫门里闪出一群宫女，簇拥着伙浆仔进了宫殿。宫殿里早就摆下了一桌酒筵，龟相请伙浆仔入席，端起酒杯，满脸堆笑地说："恭喜！恭喜！"

伙浆仔稳了稳神说："遇难落海，还道个啥喜？"

龟相说："龙王招驸马，这不是天大的喜事吗？"

伙浆仔不解地说："我是个穷渔郎，龙王招婿与我何干？"

龟相呵呵笑道："通灵性的黄神鱼就是美丽的三公主。患难相救，终身相配！"

伙浆仔一听，又惊又喜，但转而一想，门不当，户不对，公主怎能配渔郎？

伙浆仔淡淡一笑说："公主金枝玉叶，到人间吃不起苦啊！"说罢就要离席而去。

龟相忙伸手一拦："既然来了，何必再走？"

伙浆仔却一定要走。龟相急了，把脸一沉，喝道："龙王有旨，不愿留住龙宫，只好收回神眼珠！来呀！"喊声刚落，一队墨鱼围了上来，猛地喷出墨汁。

伙浆仔只觉得双眼一阵剧痛，昏了过去。

过了很久很久，伙浆仔才缓过气来。他慢慢睁开眼睛，只觉得眼前一片漆黑，摸摸地上，全是沙子。伙浆仔虽然回到了家乡，却双目失明了，再也不能出海捕鱼了。他心里充满着忧伤和愤恨，常常独自一人坐在海边，吹着心爱的渔笛。

有天深夜，三公主被一阵笛声惊醒。她侧耳静听，越听越心里不安："以往的笛声是那么悠扬愉快，今天为何如此忧伤凄惨？"她匆匆离开龙宫，循着笛声来到海边，看见伙浆仔双目失明，顿时明白了父王许婚的用心。

三公主又恨又愧，扶起伙浆仔，一字一顿地说："走，我们回家去！"

伙浆仔只是呆呆地站着，脸上毫无表情，好像什么也没听见。三公主急了："既已许婚，你我就是夫妻！你不带我回家，叫我到哪里去？"

伙浆仔长长地叹了一口气说："我两眼一抹黑，怎好连累你？你快回龙宫去吧！"

"不！我绝不回龙宫，我要守你一辈子！"

伙浆仔心里万分感激，嘴里还是一个劲儿地催她快走。

三公主低头沉思良久说：“好吧！一定要我走，那就让我再看看你的眼睛！”

伙浆仔答应了她。三公主张开嘴巴，嘴里发出一道金光，噗的一声，一颗龙珠落在伙浆仔的眼睛上。龙珠滴溜溜地打转，伙浆仔眼珠里的毒汁一滴一滴地往外淌，他眼前闪过一道亮光，越来越明亮。毒汁黏在龙珠上，金光灿灿的龙珠却越来越暗淡，最后变成了一颗小黑球。

三公主失去龙珠，浑身发软，肚子钻心地疼，扑通一声跌坐在沙滩上。

伙浆仔双目复明了，他看见三公主瘫坐在沙滩上，面色憔悴，大口大口地喘气，一时慌了手脚，忙问：“你怎么了？你怎么了？”

三公主两眼含泪，悲切地说：“龙珠失明，我只好重返龙宫养身。你我要想再见，难了！”

伙浆仔难过得说不出话来，他一把拉住三公主说：“你为了救我，竟献出了龙珠，这让我怎么报答你呢？”

三公主脸色惨白，强忍着疼痛说：“你双目复明，我也放心了！待我返回龙宫，恳求父王每日奉献海产万担！”

说罢，三公主现出原形，哗的一声，跳入海中，向大海深处游去。

后来，东海龙王拗不过女儿的请求，终于答应每日向伙浆仔奉献海产万担，算是报答伙浆仔对女儿的救命之恩。

葬到月亮上的姑娘

从前，在壮乡有个名叫达汪的姑娘。她聪明美丽，心灵手巧，绣出的花鸟都像真的一样活灵活现。

有一次，达汪绣麻雀，还有一只眼睛没有绣好，一不小心绣花针刺破了达汪的小手指头，一滴血不偏不倚（yǐ），恰好滴在了要绣的麻雀眼睛的地方。突然，奇迹出现了，那只麻雀的眼珠骨碌碌地转了起来。开始，达汪还以为是自己眼花了，于是便用袖子揉了揉眼睛再看，这次看清楚了，那麻雀的圆眼睛带着血丝，眼皮还在一张一合呢！不一会儿，那只麻雀竟在绣花巾上扑打着翅膀，飞走了。

看到这里，达汪不禁懊恼起来，心想刚才应该把那只麻雀留住，养起来也好给自己做个伴，有时候一个人绣花真寂寞。

从此以后，达汪每天绣花时，好像总能听到麻雀在窗外啾啾地叫着，但她一走到窗口，又什么也看不到。

有一次，达汪正在绣一朵大红花，那麻雀又在窗口啾啾地鸣叫，她立即跑出去，淘气的小麻雀竟然和她玩起捉迷藏来。达汪用手去抓它，它就跳上树；朝它扔个石子，它又钻进树丛。达汪就这样跟着小麻雀，不知不觉来到一座大户人家的院子前，只见那麻雀扑棱了一下翅膀，便飞到高墙里去了。

达汪见小麻雀飞走了，心里很遗憾，只好转身往回走。这时，他听见高墙里弓弦一响，接着传出了麻雀的哀鸣声，有个小东西随即掉在了她跟前，那东西还在扑棱扑棱地动呢。达汪一看，这不正是她刚才要抓的那只麻雀吗？她用手捧起来一看，麻雀受伤了。达汪马上掏出白手帕，把麻雀包起来。这时，大院的门开了，有人吆喝道：“是什么人，敢拾我家老爷射下的麻雀？”说着有两个人向达汪跑了过来。

达汪一看，是土司老爷的两个家丁，她赶紧把白手帕包着的麻雀藏到了身后。那两个家丁来到她跟前问：“你手帕里包的是什么东西？是不是刚才我家老爷射下来的麻雀？”姑娘有些发慌，吞吞吐吐地说：“没，没什么东西。”这时，麻雀可能是太疼了，在手帕中不停地动，还啾啾地叫。这一动，被一个眼尖的家丁看到了，他说：“没有东西？你在撒谎吧？没有东西为什么手帕会动？”说着，就将手帕抢了过去。

恰巧土司老爷也出来了，他边走边问：“找到我射下的麻雀了吗？”抢走手帕的家丁马上跑过去双手把白手帕献了上去，对土司说：“是这位姑娘捡到了。”

土司老爷打开白手帕一看，却根本没有什么麻雀，白手帕上倒是绣着一只麻雀。土司老爷大怒，把手帕向家丁的脸上扔去，大骂道："蠢笨的奴才，竟敢跟老爷开玩笑！我要的是真麻雀，谁要这绣上去的麻雀！"

那家丁急忙拾起白手帕一看，可不，手帕上果真只是一只绣上去的麻雀。

那家丁看到手帕上有血迹，于是举着手帕对土司老爷说："老爷请仔细看，这手帕上的血迹还没干呢，一定是这姑娘把麻雀放跑了。"

达汪听家丁这么一说，把手帕拿过来一看，真是怪事，这手帕上本来什么也没有的，她什么时候绣下了这只麻雀呢？忽然间，她想起了以前绣的那只麻雀染上自己的血飞走了的事，便说道："老爷，我的手刚才刺破了，我拿这个手帕来包扎的，可是手帕被这位老爷抢去了。"

土司老爷这才打量了一下达汪，只见达汪长得如花似玉，娇美动人。土司老爷就打起了坏主意，他瞪了家丁一眼，让他们退下，就热情地邀请达汪去他家做客。达汪一看就知道土司老爷不怀好意，赶忙低着头跑回家去了。

达汪跑回家，关好房门，掏出手帕，那上面绣着的麻雀突然又活了，扑闪着翅膀飞了起来。麻雀飞到屋檐上，回头对达汪不住地叫。达汪把手一招，麻雀又飞回到她的面前。达汪把衣服兜子一张开，麻雀竟然飞进了她的兜里。姑娘非常喜欢这只小麻雀，生怕它再离开自己。

土司老爷自从见了达汪，心中就对她念念不忘，一心想要讨她做姨太太，但达汪誓死不从。土司老爷贼心不死，天天派人去邀请达汪，对达汪纠缠不休。

这年正赶上大旱，土司老爷派人对达汪说：“要么你做我的小老婆，要么你就去做求雨的童女。”

做童女可是一件痛苦的事，在祭神前要斋戒，祭神期间不许吃饭也不许喝水。但达汪情愿受这样的罪，也不愿做土司老爷的小老婆。

太阳像一团火一样笼罩着大地，童男童女跪在祭坛前，不一会儿，一个童男就热得昏了过去。但达汪一心想着求雨，想着一丝丝甘甜的水在滋润自己的喉咙，所以她坚持了下去，没有晕倒。

夜晚，祭坛点亮的香火引来了鸟群，它们是来吃供品的。达汪一动也不动，她没有惊吓鸟儿，让鸟儿吃了供品。

第二天，人们发现供品不见了，禀报了土司老爷。土司老爷说：“这一定是陪祭的人偷吃了。”达汪坚决否认。土司老爷就说：“那就剖开肚子看看嘛。不过，要是你答应做我的小老婆，这点事就可以一笔勾销了。”

但达汪宁可被剖腹也要证明自己的清白，更不愿做土司老爷的小老婆。人们都跪下来为达汪求情，但残忍的土司老爷见达汪不肯顺从自己，非常生气，对人们的求情无动于衷。

可怜的达汪最终还是被剖开了肚子。看看肚子，肚子是干瘪的；看看胃，胃里什么也没有。这时，达汪闭着眼睛，用微弱的声音说："我达汪清清白白，你土司老爷心怀叵测（xīn huái pǒ cè 心存险恶，不可推测。叵，不可），诬陷好人，是不会有好下场的。"

话一说完，达汪头一歪，就停止了呼吸。突然，天地之间变成了雾茫茫的一片，狂风暴雨骤起，人们四散逃开。风定雨停之后，人们才想起达汪。死去的达汪去了哪里？

原来，鸟儿们看到达汪的心像泉水般清澈，如鲜花般美丽，认为这肮脏的大地不配埋葬她，便把达汪葬到月亮上去了。

锦线女龙

传说很久很久以前，在定海紫微一个山坳里，住着一户人家。母亲韩氏，女儿姓郑名绣花，母女二人相依为命。

郑绣花心地善良，聪明伶俐，描龙绣花，巧夺天工。她绣的凤好像会飞上天，她刺的花能引来成群蜜蜂，她描的龙看上去隐隐在动。绣花姑娘绣的花在远近出了名，郑绣花便以此维持母女俩的生计。

有一年夏天，滴雨不见，庄稼枯死了，水井干涸了，大家非常着急，想方设法祈雨，也没有效果。郑绣花和大家一样，心里很着急。

郑绣花想："人人都说龙会化雨，我何不绣条龙？或许真能降下甘霖，缓解旱情。"于是她找出一条白绢，穿银针，引彩线，一针针，一线线，认认真真地绣起龙来。

郑绣花绣呀绣呀，白天绣，夜里绣，茶不想，饭不思，一刻不停地绣，整整绣了七七四十九天，终于绣出了一条色彩斑斓的锦龙。锦龙橙角红须，黄鳞金爪，栩栩如生，真像活龙一样。

锦龙绣成了，绣花又想方设法找来一盆清水，恭恭敬敬地把锦龙放进水盆，供在自己绣房的窗台上。

绣花每日每夜守着锦龙，每天对着锦龙祈求，祈求锦龙早日降下甘霖。

一天，母亲韩氏来到绣花房中，见女儿趴在窗台上，她想叫女儿上床休息。母亲走近窗台，猛见盆中锦龙张牙舞爪地在游动，吓得她啊的一声发出惊叫。绣花惊醒过来，见母亲惊恐万状地指着水盆说："盆里有妖怪！"母亲说着就要端起盆子往窗外倒，绣花急忙过来夺水盆，母女二人争来夺去，水盆掉到了地上。只听得轰隆一声巨响，水盆摔下的地方顿时变成了一个水潭，这就是现在的"洞底府龙潭"。

绣花一见盆子砸了，锦龙没了，一阵心痛，哇的一声哭了起来，她边哭边跳进水潭去捞锦龙。说也奇怪，绣花在水潭里一阵翻滚，头上居然长出两只角来，她变成了一条七色锦龙，跃出水面。

母亲韩氏一看慌了，以为是妖怪抓走了女儿，赶紧抓住龙爪不放。可是，七色锦龙越升越高，母亲一松手，只见龙爪上掉了一件东西。那东西跌落在一棵大槐树下，韩氏拾起，仔细一看，是女儿的绣花鞋。在鞋子掉落的地方马上有一股泉水涌出，这就是现在紫微詹家的槐树井。

母亲这才知道女儿变成了龙，她大声地呼唤女儿的名字，不停地往前跑。

锦龙腾空而去，一直飞向大海。快到海边时，锦龙就地一滚，滚出一条小河来，河水哗哗地流向田野。

母亲舍不得女儿，连哭带跑追向海边，一边追一边喊："绣花回来呀！绣花回来呀！"母亲喊一声，锦龙回一下头，河道就弯一弯。母亲喊女十三声，锦龙回头十三次，河道弯了十三弯，这就是如今的"墩头大浦十三湾"。

母亲喊到第十四声时，只见锦龙纵身跃入大海。母亲想见女儿，便爬上山岭，呆呆地眺望大海，这岭就是如今的"紫微望海岭"。

绣花变成锦龙以后，紫微一带有潭有井，有泉有河，人们再也不愁久旱无雨了。

因为锦龙是绣花姑娘变的，所以当地百姓都叫绣花姑娘为"锦线女龙"。

马头琴的传说

传说，很久以前，在茫茫的察哈尔草原上，有一个银色的月亮湖。湖畔居住着一个勤劳勇敢、诚实善良的小牧民，叫苏和。苏和跟妈妈过着清贫的生活，他做梦都想得到一匹属于自己的马。

有一天，苏和替人放牧，在山坡上做了个奇异的梦。他梦到天上腾云驾雾来了一个美丽的姑娘，并对他说："我知道你想得到一匹马，我告诉你，湖的北边有一匹白马。善良的人哟，你快去把它牵回家吧！"说完这句话，姑娘就消失得无影无踪了。苏和从梦中惊醒，揉揉眼睛，看见阳光当头。他想起刚才梦里姑娘的话，就朝湖的北边跑去，果然看到一匹小白马。

从此，苏和就有了一个形影不离的好伙伴。苏和精心喂养、调驯小白马。很快，小白马就长成了一匹膘肥体壮（biāo féi tǐ zhuàng 形容牲畜肥壮结实）、四蹄生风的小骏马。

有一次，苏和去湖边放牧，不小心踩进草地旁边的一个沼泽里。白马听见主人的呼救后，长嘶一声向主人跑去，咬住主人的衣袖往外拖。苏和抱着白马的脖子，才被救了出来。

又有一次夜里，一只野狼冲进了羊圈，苏和急忙挥棒向恶狼打去，恶狼张牙舞爪扑向苏和。这时，白马一声长嘶挣脱缰绳，扬起前蹄冲向恶狼，只听得嗷的一声，恶狼脑袋开了花。苏和心里非常感激，跑过去爱抚地抱着白马的头。

有一天，苏和在野外放牧，远处跑来几个骑士，气喘吁吁地来到苏和跟前说："小兄弟，请你帮帮忙吧！王爷命令我们活捉一只梅花鹿，如果捉不到，我们回去就要受罚！"

听了他们的话，苏和就跨上白马向远处飞驰而去，很快便追上了梅花鹿，用套马杆将鹿套住。

苏和把鹿交给那群骑士后说："我按你们的要求把梅花鹿捉来了。可是我有一个请求，你们回去后，千万别说这只鹿是我骑白马给追到的呀！"那群骑士答应了。

可是，"草原上有一匹能追上飞禽走兽的白马"的消息还是不胫而走。王爷听后垂涎三尺（chuí xián sān chǐ 指嘴边挂着三尺长的口水，形容嘴馋到极点。这里形容羡慕到极点，极想据为己有。涎，口水），露出了贪婪的笑容。

一开春，草原上就传出一则消息：在王爷府驻地要举行"那达慕"（蒙古语的译音，为娱乐、游戏的意思，表示丰收的喜悦）大会，各项比赛的优胜者都将得到奖赏。另外，王爷的女儿还要选一个最佳的骑手做丈夫。苏和兴高采烈地去参加比赛了。

苏和和白马果然得了第一。可王爷的女儿一看苏和是个牧羊娃，垂头丧气地走了。奸诈狠毒的王爷凶相毕露，他对前来领奖的苏和说：“我赏给你一只羊，你把白马留在府里。”苏和不从，王爷命令家丁把苏和捆了起来，把白马牵回了王府。

王爷得到白马后如获至宝，选了个好日子摆酒庆贺。当地的富豪官吏都来道喜。王爷得意扬扬，让家丁把白马牵来，他想在众人面前炫耀一番。可王爷刚一跨上马背，白马突然向前一跳，向后尥（liào）了一蹶子（juě zi 尥蹶子，马跳起来用后腿向后踢），王爷吓得尖叫一声，倒栽葱似的跌了下来，摔了个嘴啃泥。白马把王爷摔下来后，就风驰电掣（fēng chí diàn chè 形容非常迅速，像刮风闪电一样）般地飞奔离去。

王府卫兵倾巢出动，跨上快马，手持弓箭，奋力追赶。可白马如箭离弦，兵丁无法追上。于是，兵丁们拉开弓箭“飕飕”地射向白马，白马中了数箭后依然跑得飞快，很快就没了踪影。王府兵丁只好回去向王爷禀告：“白马中了数枚毒箭跑了，肯定死在路上了……”王爷只好作罢，放了苏和。

一天夜里，一声长长的马儿嘶鸣声划破了寂静的夜空。苏和急忙跑出去一看，是白马跑回来了。苏和又惊又喜，借着月光仔细一看，白马身中数箭，已经奄奄一息。苏和心如刀绞。白马因箭伤过重死在了自己的主人面前。苏和抚摸着白马忍不住泪如泉涌。

失去白马后，苏和伤心欲绝，整天无精打采。有一天，他在梦中又见到了白马，它说：“主人哟，你不要伤心落泪了，你用我的皮、骨、鬃（zōng 马颈上的毛）、尾做一把琴吧，让我永远陪在你身边……”

于是苏和就按白马说的话做了一把琴，在琴杆上端按照小白马的模样雕刻了一个马头，并给琴起名叫“马头琴”，然后一直带在身边。

从那以后，每当苏和想起白马，就拉起马头琴。低沉悠扬的马头琴声徐徐响起，仿佛从遥远的天边飘来，如泣如诉，那是苏和对小白马深深的思念。

茫耶取谷种

远古时代，世间没有五谷，人们靠食野兽、野菜和树皮为生。后来，有人说在很远很远的西方有一个神洞，洞里藏着谷种，但是要想拿到谷种绝非易事，必须克服千难万险。于是，大家决定选派一个聪明勇敢的人去取谷种。

大家左选右选也没有选出合适的人来。这时，有一个名叫茫耶（yē）的小伙子挺身而出，他对大家说："让我去吧，我保证为大家取回谷种。"

就这样，茫耶出发了，他一路翻山越岭，克服了重重险阻，杀死了很多拦路的虎、豹、豺、狼和毒蛇，马不停蹄地往前走。后来，茫耶带的食物吃光了，马也累得走不动了，但他毫不气馁（qì něi 丧失勇气），依然信心十足。肚子饿了，他就找来野果充饥；马走累了，他就和马停下来休息休息。

又走了好多天，茫耶来到了一棵大桃树下，他看见树上果实累累，就爬上树，摘了桃子，痛痛快快地大吃了一顿。由于茫耶太疲劳了，吃了桃子后，他就靠着树干睡着了。

茫耶很快进入了梦乡，他梦见一位白胡子老人牵着一匹马，带着一只小狗，说愿意助茫耶一臂之力。白胡子老人指着前面对茫耶说："记住，年轻人，从这里往前走，再走三十天，有一棵大白果树，树上有一个斑鸠（bān jiū 鸟，身体灰褐色，颈后多有白色或黄褐色斑点，嘴短，脚淡红色）窝，窝里有一个斑鸠蛋，蛋里有一把钥匙，那把钥匙就是专门用来开西方那个藏谷种的神洞的。"

老人还说："白果树下还有一个洞，洞里藏着一把宝剑，那把宝剑可以降伏一切妖魔鬼怪和毒蛇猛兽。你得到钥匙和宝剑之后，一直往前走，就会遇到一条红水河，河里有一条蛟龙，它专门兴风作浪，阻止过往的行人。但河边有一头石牛，石牛肚子里藏着一把弓，只要你带一把灵芝草，走到石牛跟前，把灵芝草递给石牛吃，它就会张开嘴，这样，你就能从石牛的嘴中取出一把弓箭。那弓箭是专门用来制服蛟龙的。你过了红水河，再走很长的路，又会遇到一座火山。但你不用害怕，当你看到火山的时候，能在火山对面红色的岩石缝里找出一把扇子。你得到那把扇子后，用它向火山一扇，火山便会让出一条路来让你过去。这样，你就可以顺利地到达西方的神洞了。"

最后，白胡子老人把那匹马和那只小狗交给了茫耶，对他说："来吧，把你的马和我的马换一下，我这匹马可以日行千里。这只小狗你也带着，必要时它会对你有帮助的。”说完，白胡子老人就化作一缕青烟不见了。

茫耶醒来，果然有一匹高头大马和一只小狗站在他的身边，而自己那匹马却不见了。茫耶牢牢地记住白胡子老人的话，骑上马，带着小狗，继续向西边走去。

一路上，茫耶按照梦中老人的叮嘱，取了钥匙和宝剑，用弓箭射死了红水河的蛟龙，用宝扇扇出了一条出路。

最后，茫耶历尽千辛万苦，终于来到了西方，找到了神洞。当茫耶高高兴兴地朝神洞的大门走去时，突然从神洞门两边跳出两个门神，一个红脸，手拿两把大斧头；一个黑脸，手拿一把大刀。他们挡住了茫耶的去路。

茫耶急忙向两位门神说明来意。他们听罢，怒气冲冲地对茫耶说：“我们的谷种怎么会给你们这些世间的凡人享用呢？你真是痴心妄想！赶快回去吧，不然，休怪我们手下无情。”

茫耶好话说尽，再三请求，可那两个门神无动于衷，并且举起刀斧要置茫耶于死地。这时，茫耶再也按捺不住内心的怒火了。他抽出锋利的宝剑，一下子就刺死了那个黑脸的门神。红脸的门神见状大惊，急忙抡起大斧朝茫耶砍去。

茫耶眼疾手快用宝剑一挡，结果宝剑被红脸门神的大斧砍折了，茫耶想取弓箭，但却来不及了。

茫耶无奈，只好赤手空拳朝红脸门神扑了过去，他们扭打在一起。连日来的劳累奔波让茫耶体力有些支撑不住了。

正在危急时候，小狗跑过来给茫耶帮忙了。小狗一口咬住红脸门神的脖子，死也不放。红脸门神松开按着茫耶的手去抓小狗。茫耶趁机翻过身来，拿起红脸门神的大斧子，结果了红脸门神的性命。

茫耶提起大斧子又继续向洞里走去。走了没多远，便来到了神洞的第二道门，这时迎面扑来一只白虎。茫耶毫不畏惧，举起大斧迎着白虎猛力砍去，正好砍在白虎额顶，白虎一下就被砍死了。可是，由于茫耶用力过猛，大斧也被折断了。

没有了兵器，茫耶只得仗着剩下的弓箭，壮着胆子，继续朝洞里走去。

当他来到第三道门前的时候，猛听头上一声巨响，他抬头一看，一只巨大的神鸟向他扑了过来。他来不及张弓搭箭，急忙随身一闪。大鸟扑了一个空，接着又扑了过来，茫耶又一闪，再一次闪过了。这时，小狗跳上去一口咬住了大鸟的尾巴，茫耶趁势赶过来，一箭把大鸟射死了。

进了第三道门，就可以到达藏谷种的地方了。茫耶上前用力去推门，但厚厚的石门无论如何推不开。

这时，茫耶突然想起了怀中的金钥匙，急忙取出来。嘎吱一声，石门终于开了。茫耶只觉得眼前金光一片，这么多金灿灿的谷粒呀！茫耶惊喜不已，不敢怠慢，急忙拿出临走时阿妈为他缝制的大袋子，装了满满一袋谷种。

可是，当茫耶正要往洞外走时，石门突然嘎的一声关上了。他急忙又拿出钥匙来开，却怎么也打不开石门了。他急中生智，把钥匙倒转着一扭，石门又开了。这样，他背着一袋子谷种走出了大石门。

一出洞，茫耶就急忙跨上马，抱着那只小狗，提着谷种，往回家的路上飞驰。

茫耶心急如焚地往回赶。当他来到火山前的时候，火山的热气更大了，于是他又取出扇子，一边用力扇，一边往前走，走了整整一天一夜，才走出了火山。当他来到红水河边时，红水河的浪涛更加凶猛了，茫耶急忙取出弓箭往河里射了几箭，可是河中的浪涛却没有平息，反倒越来越猛了。

茫耶心里着急，用力拉满了弓，射出了最后一支箭，红水河的浪终于慢慢地平静了下来。可是，由于他用力过猛，竟把弓弦拉断了。茫耶过了红水河，再有几天的路程就可以回到家乡了，然而马累倒了，茫耶也累得实在支持不住了。怎么办呢？茫耶决定将装谷种的袋子拴在小狗的脖子上，让它先带回去。

为了让乡亲们知道这只小狗是替自己先带回谷种的，茫耶还在小狗的脖子上拴了一根姑娘们送给他的飘带。就这样，小狗带上谷种一直朝东方跑去。

茫耶送走了小狗，就倒下了。勇敢顽强而又聪明善良的茫耶从此再也没有站起来，再也没有回到自己的家乡，再也不能与慈爱的阿妈、亲爱的乡亲和那些可爱的姑娘们见面了。

小狗离开茫耶以后，跑了九天九夜，躲过了千百次毒蛇猛兽的追杀，终于回到了茫耶的家乡。

家乡的人们看见小狗脖子上拴着茫耶带回的袋子和姑娘们送给茫耶的花飘带，知道谷种已经取回来了，他们急忙把袋子解下来，惊喜地看到袋子里金灿灿的谷种。

所有人都出去寻找茫耶，当找到他时，发现他已经死了。茫耶为了取回谷种，献出了自己宝贵的生命。

读者反馈卡

同学，你好！感谢你选择了四川教育出版社的“快乐读书吧”系列图书，你的选择是对我们工作的支持和认可，给了我们莫大的动力。

下面有一张信息反馈表，如果你在阅读过程中发现有什么缺点或者不足之处，请你及时指出，并将好的建议写到上面，然后交给老师。我们收到后，会积极采纳你的宝贵意见，以便我们后期做出更好的产品来回馈大家！

读者小档案

姓名：________________ 学校：________________

班级：________________ 电话：________________

通讯地址：________________________________

你认为这本书的优点：________________________________

____

你认为这本书的缺点：________________________________

____

你对这本书的建议：________________________________

____

读后感